Carol Marinelli
Entre el deseo y la obligación

Editado por HARLEQUIN IBÉRICA, S.A.
Núñez de Balboa, 56
28001 Madrid

I.S.B.N.: 978-84-687-3598-6
Depósito legal: M-26366-2013
Editor responsable: Luis Pugni
Fotomecánica: M.T. Color & Diseño, S.L. Las Rozas (Madrid)
Impresión en Black print CPI (Barcelona)
Fecha impresion para Argentina: 16.6.14
Distribuidor exclusivo para España: LOGISTA
Distribuidor para México: CODIPLYRSA
Distribuidores para Argentina: interior, BERTRAN, S.A.C. Vélez
Sársfield, 1950. Cap. Fed./ Buenos Aires y Gran Buenos Aires,
VACCARO SÁNCHEZ y Cía, S.A.

Capítulo 1

«NO MIRES».
«No mires».
Mia se repitió aquellas dos palabras una y otra vez porque sabía sin ningún género de dudas que era la única manera de superar aquel momento tan malo que le había tocado vivir.

Trató de concentrarse en la hoja que reflejaba el orden de la ceremonia. Le temblaban las manos de tal modo que le resultaba imposible leer. Y casi era mejor así, porque con solo ver la fotografía de su querido amigo Richard sonriéndole se le llenaban de nuevo los ojos de lágrimas y sentía deseos de gritar al pensar en el final tan terrible que había tenido aquella vida maravillosa. No le encontraba sentido.

Aquel día nada tenía sentido.

No había nada en los alrededores bien cuidados de la iglesia, ni en la gente tan formal que ocupaba los estrechos bancos, que contuviera la esencia de lo que Richard había sido. Podía contar con los dedos de una mano a los verdaderos amigos de Richard, los llamados soñadores, que, al igual que ella misma, habían sido relegados a los bancos de atrás. Mientras tanto, los Carvelle y su entorno más cercano se habían sentado delante, soportando el calor tropical dentro de sus gruesos trajes oscuros. Estaba claro que el calor de Cairns se había convertido para ellos en un recuerdo lejano. Uno a uno habían ido marchándose hacia el sur, uno a uno habían ido abandonando sus raíces para dirigirse hacia la seguridad que les ofrecía la capital financiera. Tenían demasiado dinero y demasiado ego para vivir inmersos en la belleza aún salvaje del norte de Queensland, el lugar en el que había nacido originariamente su fortuna. Allí habían construido hoteles de lujo para asegurarse el regreso de los turistas. Demasiado no era nunca suficiente en lo que a los Carvelle se refería. Para ellos la hierba era siempre más verde en otro sitio, y las carteras estaban más llenas.

Solo se había quedado Richard.

Mia miró fijamente la hoja de la ceremonia y sintió que los labios se le contraían. Tardó un momento en darse cuenta de que la emoción que estaba experimentando era ira.

Ira contra la insensibilidad de los Carvelle.

Incluso la foto de Richard que habían escogido no era la adecuada. En ella aparecía vestido con un traje de chaqueta y corbata que estaba a años luz del tipo de pantalones cortos y camisetas que era Richard.

Que había sido Richard.

Aquella corrección mental provocó en ella un

dolor agudo que le atravesó el cuerpo. Se llevó las manos al vientre y acarició la vida que llevaba dentro, obligándose a sí misma a tranquilizarse por el bien del bebé que estaba esperando.

El bebé de Richard.

La sensación de pánico que la invadía se vio acrecentada por el rumor que se escuchó en los bancos cuando la gente se puso en pie. Mia trató de imitarlos. Las piernas le temblaban sin control cuando la procesión pasó por delante de ella, y se repitió que debía mantener el tipo y aguantar las formalidades necesarias sin atraer la atención.

Así que se quedó quieta y cerró los ojos con fuerza cuando la procesión pasó delante de ella con aquel espantoso olor a incienso que desprendía el incensario del reverendo y que le recordaba al funeral de su padre, celebrado tan solo dos años atrás. Pero, a pesar de su promesa de no mirar, la estrategia de Mia falló. Cuando la música se desvaneció y le pareció que la gente ya se había ido, levantó muy despacio los ojos. Y se quedó de piedra no al ver el ataúd, sino la figura embutida en un traje oscuro que marchaba detrás. El rostro que aparecía en sus sueños desde hacía siete años. El rostro que la había amado, los ojos que la habían adorado y el hombre que la había abandonado con tanta crueldad.

Ethan.

Solo se distinguía su perfil mientras caminaba con la sombría procesión antes de tomar su asiento en el primer banco, mirando fijamente al frente mientras el reverendo daba la bienvenida a los fieles en aquel día tan triste.

Y aunque las palabras del ministro resultaran reconfortantes y fuera Richard quien la había llevado hasta allí, Ethan captó toda su atención. Era Ethan a quien miró fijamente cuando la gente se levantó para orar, y se dio cuenta, no por primera vez, de lo distinto que era Ethan de su hermano pequeño, al que iban a despedir aquel día.

Richard, que tenía la piel clara y el cabello fino y rojizo, era la antítesis absoluta de aquel hombre seguro de sí mismo, fuerte y abrumador, que estaba en el primer banco de la iglesia y que le sacaba a los demás al menos una cabeza. El único signo de emoción que reflejó su rostro impasible cuando la gente allí congregada comenzó a cantar fue apretar la mandíbula y guardar silencio. Tenía la mano colocada detrás de la espalda y la apretaba con tanta fuerza que los nudillos se le volvieron blancos. Un antiguo himno que Mia había escuchado millones de veces con anterioridad llenó aquel espacio sagrado, y por primera vez pareció entender su significado: hablaba de la maravilla intemporal del amor, de la promesa eterna de paz. Y mientras aquellas palabras se alejaban hacia el cielo, mientras las lágrimas resbalaban por las mejillas de Mia, lo único que ella deseaba en el momento más solitario de su vida era que aquel hombre taciturno del primer banco no siguiera importándole tanto.

Deseó con todo su corazón que los siete años que habían transcurrido desde que vio a Ethan Carvelle lo hubieran vuelto menos imponente, menos autoritario... Menos bello.

Mia sabía que aquel día iba a ser duro, pero no estaba pensando solo en decirle adiós a Richard. Ya se había despedido de él hacía unas semanas. Había dosificado su pena en dolorosas etapas mientras que el cáncer que se había apoderado de su cuerpo se lo había ido llevando pedazo a pedazo como si fuera una hermosa estatua desmantelada.

Aquel día era una mera formalidad. El final de un final trágico.

Y había esperado que fuera lo mismo cuando viera a Ethan.

Que verlo después de tanto tiempo fuera como una especie de cierre. Que los siete años de sufrimiento que había tenido tras el cruel rechazo de Ethan pudieran terminar así de alguna manera. Que después de todo ese tiempo pudiera de verdad seguir adelante con su vida.

Pero cuando lo vio salir del banco y dirigirse al altar, Mia sintió que se le cerraba la garganta. Las piernas se le estabilizaron al fin como por efecto de la impresión. Como si fuera la primera vez que lo veía.

Parecía todavía más alto, si es que aquello era posible. Y más ancho de hombros. Los años lo habían tratado con benevolencia. Llevaba el cabello, que seguía conservando su tono negro oscuro, más corto que siete años atrás. Los últimos coletazos del joven de veintitrés años, de los que ella había sido testigo durante aquellas semanas inolvidables que compartieron, habían desaparecido ahora, remplazadas por una madurez salvaje que literalmente la dejó sin respiración. Y no solo a ella. Toda la iglesia estaba pendiente de él. Iba a proceder a leer. Y no solo porque fuera el hermano de Richard, no solo porque se apellidase Carvelle, sino porque su sola visión generaba respeto. Ethan podría entrar en un bar al otro lado del mundo, pedir una copa con aquella voz pausada que tenía y todas las cabezas del local se girarían. Todas las mujeres se sentarían más derechas y todos los hombres estirarían los hombros.

Ethan se tomó unos instantes antes de empezar a leer. Mia observó cómo se le subía y se le bajaba la nuez, esperando en tenso silencio a que aquel hombre acostumbrado a hablar en público se preparara para el discurso más difícil de su vida. Observó aquellas manos que una vez la habían acariciado con tanta ternura agarrar con fuerza el atril. Cuando su voz, potente y segura, comenzó a leer, sintió como si cada palabra fuera un proyectil dirigido contra su ya sangrante corazón. Y le resultó imposible de soportar la visión de lo que ya nunca podría tener, así que apartó los ojos de él y trató de recordar la crueldad que se ocultaba debajo de tanta belleza, concentrándose en sus propias manos entrelazadas sobre la suave curvatura de su vientre, mordiéndose el labio inferior mientras las lágrimas resbalaban por sus mejillas y escuchaba las palabras que Ethan leía, cada una de ellas la antítesis del trato que le había dispensado a Mia.

A pesar del daño que le había hecho, a pesar de la agonía por la que habían tenido que pasar su padre y ella, en aquel instante sintió lástima por él, por aquel hombre fuerte y orgulloso que estaba solo frente a la congregación y que por primera vez en su vida parecía vacilar al leer. Mia no sentía ninguna alegría al verlo sufrir, no se complacía en su dolor. Los ojos de Ethan se dirigieron hacia ella, y por primera vez en siete años sus miradas se encontraron y pareció como si estuvieran ellos dos solos en la iglesia, como si los años que habían dejado atrás se hubieran borrado en cierto modo y Mia estuviera de nuevo entre sus brazos, como si la intimidad que una vez compartieron estuviera de alguna manera encerrada en aquella mirada. En un gesto instintivo de apoyo, Mia le hizo un breve gesto de asentimiento con la cabeza y le dijo con los ojos que lo estaba haciendo bien. Como una madre en una función escolar de teatro, lo animó a seguir hablando, y funcionó. Ethan la estuvo mirando a los ojos hasta que terminó la lectura.

–Fe, esperanza y amor... Y la mayor virtud de las tres es el amor.

Apartando la vista de Mia, Ethan regresó a su sitio. Para ella, el resto de la ceremonia religiosa transcurrió como entre neblinas. Las lágrimas terminaron de secársele cuando por fin la gente salió de la iglesia. Mia aspiró con fuerza el aire húmedo de la mañana y parpadeó al sentir los rayos del sol. La gente se fue disponiendo en fila para darle el pésame a los Carvelle antes de dirigirse al crematorio. Allí tendría lugar una incineración privada en la que solo estaría presente la familia. Los amigos quedaban descartados. Seguramente no les entraría nunca en la cabeza que Mia había pasado más tiempo con Richard en los últimos meses que todos ellos juntos.

Si tuviera ganas, podría enfrentarse a ellos. Indicarles que, tanto si les gustaba como si no, ahora era ella de la familia. Que el bulto que se dibujaba en su vientre bajo su vestido negro significaba que tenía razones de sobra para unirse a ellos.

Pero no lo hizo.

En su lugar, murmuró sus condolencias, estrechó la mano de rostros interminables y se preparó para besar las mejillas de la madre de Richard como si tuviera que besar a una serpiente. Mia clavó la mirada en los ojos azules de aquella mujer que, a pesar de haber dado a luz dos hijos, no tenía ni un gramo de instinto maternal dentro de ella.

—Señorita Stewart.

Los labios de la madre de Richard parecieron enredarse alrededor de aquellas dos palabras, como si el hecho de tener que pronunciarlas fuera superior a sus fuerzas.

–La acompaño en el sentimiento –respondió Mia, deseosa de seguir avanzando en la cola para terminar cuanto antes con aquello.

Pero Hugh Carvelle estaba hablando muy concentrado con un caballero de traje oscuro, y Mia se dio cuenta, no sin disgusto, de que tendría que seguir frente a la madre de Richard un poco más.

–Ha sido una bendición –aseguró Rosalind con tono ensayado–. Richard estaba sufriendo mucho.

Tal vez lo más educado hubiera sido murmurar que lo comprendía, pero, sencillamente, Mia no fue capaz. ¿Qué sabía aquella mujer del dolor de Richard? ¿Cómo tenía siquiera el coraje de hacer aquel comentario cuando, a pesar de las llamadas telefónicas de Mia urgiéndola a ir, apenas había pasado una hora con su hijo durante las últimas semanas, pasándose por el hospital para hacerle una breve visita antes de volver a desaparecer? ¿Y dónde estaba la bendición?

¿Dónde estaba la bendición en el hecho de que un hombre de veintiocho años hubiera muerto?

Mia aspiró con fuerza el aire y se obligó a sí misma a mantener la calma, a controlar la furia que sentía crecer en su interior. Se dijo que Rosalind Carvelle era una madre de luto y que ella no era nadie para juzgarla. Cuando por fin la línea se movió, Mia dejó escapar un suspiro de alivio. Y escuchó cómo Hugh, que estaba claro que ni siquiera la había reconocido ni recordaba cómo ha-

bía despedido cruelmente a su padre de su puesto
de trabajo siete años atrás, la invitaba a tomar con
el resto de los asistentes una copa de despedida en
un hotel de cinco estrellas después de la incineración privada. Mia deseó que la fila fuera más rá-
pida. Experimentó una sensación de claustrofobia
a pesar de estar en un espacio abierto en el momento en que la mano de Ethan estrechó la suya.
No le hizo falta levantar la vista para saber que
era él. Sintió la fuerza de su presencia mientras
permanecían a unos centímetros de distancia. El
contacto de su piel en su mano bastó para suscitar
en ella una respuesta que solo Ethan podía despertar.

–Mia.

Su voz era grave. Podía sentir sus ojos ardien-
tes clavados en la parte superior de su cabeza
mientras ella miraba fijamente al suelo.

–Gracias por haber venido hoy. Sé que habría
significado mucho para Richard.

–¿Y cómo lo sabes? –le espetó ella alzando de
pronto la vista y mirándolo con los ojos brillantes–. ¿Cómo puedes saberlo si apenas hablabas
con él?

Mia no quería aquello, no quería tener ningún
tipo de confrontación. Tenía la esperanza de pasar
aquel trago lo mejor posible. Entonces, ¿por qué
se dirigía ahora de cabeza al desastre? ¿Por qué miraba con aire desafiante al rostro del hombre que
le había roto cruelmente el corazón? ¿Por qué no
se marchaba con la poca dignidad que le quedaba

en lugar de demostrar su dolor, en lugar de mirar fijamente aquel rostro y cuestionarle su amor por su hermano?

No pudo mirar.

No pudo mirar en aquellos ojos aguamarina que siempre lo cautivaban, que una vez le habían robado el corazón. Recordó en aquel instante el momento en que se conocieron, y cómo ella le había hechizado con una simple sonrisa. Así de sencillo.

Antes incluso de que la camarera lo guiara hacia la mesa de la terraza, mientras atravesaba varias puertas de cristal, sus ojos vieron dónde estaba sentada. Su piel bronceada brillaba bajo el sol del atardecer. Unas gafas de sol le cubrían la mirada, que tenía clavada en el mar. Llevaba puesto un vestido de lino en color verde que dejaba entrever unos muslos esbeltos y tentadores. En los pies, unas sencillas sandalias. Cada detalle que Ethan había procesado en un segundo, a excepción del cabello –rubio, rizado y recogido en lo alto de la cabeza–, había necesitado unos cuantos segundos más. Igual que el cuello, largo, delicado, y a cuyos lados tintineaban seductoramente dos pendientes largos de plata a pesar de que mantenía la cabeza bien firme. Aunque la camarera lo hubiera llevado a otra mesa, Ethan habría tenido, así de sencillo, que acercarse allí y presentarse ante aquella increíble mujer.

–Mia Stewart.

Ella sonrió cuando Ethan tomó asiento, estiró su delicada mano y él se obligó a sí mismo a recordar que aquella era una cena estrictamente de negocios.

Negocios, se repitió mentalmente. Richard había desaparecido y aquella dama sabría probablemente por qué.

Todos los caminos de su investigación lo habían llevado hasta ella.

Mia Stewart, la novia hippy y artista de Richard.

Mia Stewart, la hija del director del hotel de Cairns. Director al que estaban investigando en secreto. Algunas de las transacciones que había hecho habían llamado la atención de Ethan en su despacho de Sydney, y había puesto a su padre en alerta. En cualquier momento Conner Stewart saldría de su despacho no solo sin un apretón de manos, sino que, si las sospechas de Ethan se confirmaban, en lugar de lucir en la muñeca un reloj por sus años de servicio, llevaría unas esposas.

–Soy Ethan.

Le tendió la mano y consiguió mantener la voz pausada y ofrecerle su sonrisa más profesional cuando ella se la estrechó y se quitó las gafas de sol con la otra.

–Gracias por acceder a verme.

–¿Cómo iba a negarme? –respondió ella, enco-

giéndose levemente de hombros–. Todo esto es muy misterioso. Richard ha desaparecido y tú das por hecho que yo sé dónde está. Me tienes muy intrigada.

–Soy yo quien está intrigado –aseguró Ethan con cierto mal humor–. Se supone que tú eres su novia y sin embargo no sabes dónde está.

–Lo has entendido todo al revés.

–No creo que… –comenzó a decir Ethan.

Pero Mia siguió hablando y no lo dejó interrumpirla.

–Ya ves, Richard y yo solo somos amigos.

Normalmente Ethan habría seguido preguntando, presionando. Pero ella se había quitado las gafas dejando al descubierto aquellos ojos aguamarina enmarcados por unas pestañas negras. Unos ojos tan profundos y tan divinos como el océano que brillaba a su espalda, tan cautivadores y tan fascinantes como la mujer que los poseía. Ethan luchó contra el sonrojo que se le subió a las mejillas por primera vez en diez años.

Mia Stewart, la mujer que en aquel instante le robó el corazón.

–Sé que Richard y tú estabais muy unidos.

La mano de Ethan todavía sostenía la suya y sus ojos negros seguían clavados en la parte superior de su cabeza. Su voz era firme, sin rastro del ligero temblor que le había paralizado en la iglesia.

–Sé que las últimas semanas han debido ser un

tormento y que hoy también debe ser un día muy duro para ti.

Ethan bajó la mirada y ella sintió que las pálidas mejillas se le teñían de rojo. Cuando sus ojos negros como brasas de carbón se posaron en la línea curva que se adivinaba bajo su vestido negro de lino, Mia contuvo la respiración. Y sintió que aquellos ojos ardían todavía más cuando se deslizaron hacia sus manos, dándose cuenta sin duda de la ausencia de anillo.

—¿Vendréis tu pareja y tú a tomar una copa con la familia después de la incineración?

—He venido sola.

Ethan asintió con la cabeza. Sus ojos oscuros no reflejaban nada.

—Tal vez podríamos hablar de...

—Creo que no tenemos nada de qué hablar, ¿no te parece?

—Me refería a Richard.

Por primera vez pareció sentirse algo incómodo, pero enseguida se recuperó.

—Se supone que este tipo de reuniones son importantes para llorar al difunto, para recordar...

—Recordaré a Richard a mi manera —lo interrumpió Mia—. Y desde luego no necesito que los Carvelle me den permiso para llorarle.

Entonces el fuego que Mia tenía en su interior se apagó. No podía hacer aquello. No podía dedicarse a ganarle puntos a Ethan Carvelle, no podía deshonrar la memoria de Richard de aquel modo.

Pero tampoco podía fingir que consolaba a aquella familia fría y egoísta.

Lo mejor sería marcharse en aquel momento.

Apartando la mano, regresó sobre sus pasos, conteniendo las lágrimas y sintiendo todavía el contacto de su piel. En aquel momento, con la pena atenazándole la respiración, Mia comenzó a ver luces plateadas delante de los ojos. El suelo pareció girar a su alrededor y todavía pudo escuchar los gritos de preocupación de la gente antes de caer al suelo.

El dolor, la tristeza, el pasado y el presente anidaron en ella, sofocándola con la imposibilidad de su situación. No era que el padre de su hijo hubiera muerto. No era el hecho de que estuviera sola en esto lo que la atormentaba mientras trataba a duras penas de respirar.

Peor, mucho peor que su pérdida era lo que había aprendido aquel día. Por mucho que lo odiara, por mucho que cada célula de su ser lo despreciara por lo que les había hecho pasar a ella y a su padre, al volver a ver a Ethan, volver a sentir sus manos en las suyas, escuchar su voz grave y tranquila, mirarse durante un instante en sus ojos oscuros, Mia se dio cuenta de que era para siempre. Supo que después de todos aquellos años los sentimientos seguían siendo igual de fuertes. El dolor que le había provocado sería eterno, la herida nunca terminaría de cerrarse.

Escuchó entre tinieblas la sirena de una ambulancia, fue consciente a medias de que le ponían

una máscara en la cara, del frío y la semioscuri-
dad de la ambulancia cuando cerraron las puertas
y salieron de la iglesia rumbo al hospital.

Pero nada de aquello importaba, nada de aquello quedaría registrado cuando toda una vida de
agonía se abría ante ella.

Todavía amaba a Ethan Carvelle.

Capítulo 2

SERÍA mejor que siguiera ingresada –dijo una doctora con aspecto impaciente consultando sus notas–. Al menos durante un par de días, hasta que le baje la presión arterial.

–No creo que me baje aquí –respondió Mia, apretando los dientes.

Deseaba que todo el mundo la dejara en paz, que pudiera subirse al coche y conducir hasta casa para olvidarse de los acontecimientos de aquel día.

–Cuando esté en mi casa me pondré bien.

–¿Y si no, qué? –dijo la doctora, mirándola con frialdad por encima de las gafas–. Usted no vive aquí cerca, señorita Stewart. Vive a dos horas de Cairns, en las montañas. Si quiere correr riesgos con su propia salud, allá usted. Pero no olvide que está embarazada de siete meses. Discutir por estar dos días ingresada no...

–¿Quién está discutiendo?

Gracias a Dios le habían quitado el tensiómetro del brazo, porque si las cifras ya eran altas antes, Mia estaba segura de que cuando la voz de Ethan resonó en la pequeña sala, se habrían disparado hasta el techo. El olor de su colonia se mezcló con el del antiséptico. Su altura, su presencia, parecieron invadirlo todo e incluso la antipática doctora pareció adoptar un tono más amable para dirigirse a él.

–Le estaba explicando a su mujer que...

–No es mi mujer –la corrigió Ethan con absoluta tranquilidad.

–Bueno, pues su pareja. Estaba intentando explicarle la necesidad de que se quede un par de días en el hospital por el bien del bebé.

–Tampoco es mi pareja –insistió Ethan con cierto retintín–. Es una amiga.

–¡Desde luego que no! –intervino Mia–. Una conocida, en todo caso.

–Es muy susceptible, ¿verdad? –dijo él, dedicándole una sonrisa a la doctora que sin duda la hizo derretirse por dentro–. ¿Cuál es el problema exactamente?

–Tiene la tensión muy alta y según los análisis estaba un poco deshidratada cuando llegó, y también por debajo de su peso. Queremos mantenerla aquí un par de días para asegurarnos de que el embarazo progresa con normalidad.

Mia estuvo a punto de decir algo, pero se contuvo al ver que Ethan, con su tono calmado, parecía apoyar lo que ella estaba diciendo.

–¿Y si accede a venir mañana a hacerse un chequeo? Seguro que su propia casa es el mejor sitio para descansar.

–En circunstancias normales lo sería, pero el

problema está en que vive a dos horas de aquí. Y necesita descansar, no conducir un coche por carreteras de montaña.

–Entendido –aseguró Ethan, asintiendo con la cabeza–. No se preocupe, doctora. La haré entrar en razón enseguida.

–¡Ni hablar!

–Estoy esperando una llamada de su ginecólogo para que me cuente su historial –dijo la doctora dirigiéndose a ella por fin–. Mientras tanto quiere que se quede aquí tumbada y se relaje. Tal vez mientras tanto este *conocido* suyo la haga entrar en razón.

La doctora exhaló un suspiro de paciencia y salió de la sala. Cuando se quedó a solas con Ethan, todo el fuego pareció apagarse dentro de Mia. Confundida y avergonzada, se dedicó a mirarse sus propias manos, incapaz de levantar la vista, de ser la primera en romper aquel silencio opresivo. Pero cuando quedó claro que Ethan tenía más capacidad de aguante que ella, le soltó por fin:

–¿Qué estás haciendo aquí?

–Eso me pregunto yo –respondió él–. Debería haberme bebido ya media botella de whisky y andar contando historias de Richard y de mi supuestamente feliz infancia y de...

Su voz se fue desvaneciendo, y si Mia hubiera levantado la vista habría visto que su expresión se había suavizado ligeramente.

–No tenías por qué haber venido.

–Lo sé –admitió él–. Pero estaba preocupado por ti.

–Es un poco tarde para preocuparte por mí, Ethan –respondió Mia, consciente de la amargura que destilaban sus palabras–. De hecho, siete años tarde. Perdiste todo derecho a preocuparte por mí cuando me diste la espalda y te marchaste sin mirar atrás. Perdiste todo derecho a preocuparte por mí cuando dos días más tarde lo arreglaste todo para que despidieran a mi padre.

–No fue despedido –protestó Ethan–. Recuerdo perfectamente que firmó el cheque que...

–¡Fue despedido!

A Mia se le quebró la voz al recordar la expresión apesadumbrada de su padre la tarde que le dijo que tras veinte años de servicio devoto los Carvelle lo habían acusado de robo.

–Y lo que es peor, encima se suponía que tenía que estarte agradecido por no haber llamado a la Policía.

–Estaba tergiversando las cuentas, Mia.

La voz de Ethan era puro hielo, su firmeza estaba libre de toda duda. Pero al verla tumbada en la camilla, con el vientre abultado bajo la sábana y el rostro orgulloso exhausto, decidió tomárselo con calma.

–Solo quería asegurarme de que estabas bien.

–Y lo estoy.

–Según la doctora, no –señaló Ethan con un tono de voz más amable en esta ocasión–. Ella cree que no estás bien en absoluto.

–Eso no es problema tuyo –aseguró Mia–. No tiene nada que ver contigo.

–Gracias a Dios –murmuró él con una sonrisa malévola, solo para demostrarle que seguía manteniendo el control–. Entonces, ¿quieres que me vaya?

Mia asintió con la cabeza. No estaba muy segura de que le salieran las palabras. Lo último que quería en el mundo era que Ethan se fuera, pero era mejor así. Mucho mejor.

–Cuando salga le diré al resto de tus visitantes que entren, ¿de acuerdo?

–¿El resto de los visitantes?

Mia lo miró con perplejidad, dándose cuenta al instante de que había caído directamente en su trampa.

–Eso pensé –dijo Ethan sin disimular su satisfacción por el triunfo–. Fuera no hay lo que se dice una cola de gente esperando para llevarte a casa. ¿Y el padre del niño?

Mia podía sentir el sudor perlándole la frente. Lo sintió también entre los senos. Antes de responder a Ethan, se pasó la lengua por los labios secos. Quería escoger cuidadosamente las palabras.

–Ya no estamos juntos.

Ethan dejó escapar un suspiro y transcurrió el más largo de los silencios seguido de las más crueles palabras.

–Otro *conocido*, supongo.

–Mucho más que eso –respondió ella, mirándolo con los ojos brillantes por la tristeza.

Estaba a punto de echarse a llorar, pero se contuvo.

–Y dime, Mia, ¿tienes pensado conducir tú misma hasta tu casa?

–Por supuesto. Me encuentro perfectamente –insistió ella–. Claro que tengo la tensión alta. Me he pasado los últimos meses conduciendo arriba y abajo por las montañas cada día para visitar a Richard, y además tenía que trabajar en la galería y..

–¿La galería?

–Mi viejo estudio. El que mi padre...

–Ese en el que tú y yo...

Ethan se interrumpió. Al parecer se había dado cuenta de lo peligroso que sería continuar con aquella línea de preguntas. El hecho de que hubieran hecho allí el amor por primera vez no tenía por qué salir a colación ahora. Ni nunca.

–Ahora es una galería –dijo Mia sacándolo del apuro–. Y si tengo la tensión alta no es solo porque últimamente la haya tenido descuidada, ni porque lleve retrasados unos cuadros que me había comprometido a pintar. Es que además he perdido al mejor amigo del mundo y para colmo...

La voz le tembló. En aquel momento le vino a la mente el problema más pequeño de todos, tal vez en un intento de su mente de apartarla del verdadero dolor.

–...y para colmo tengo el coche aparcado en medio de la ciudad, en una zona de estacionamiento limitado.

Entonces comenzó a llorar. Lágrimas horribles,

a las que nadie había invitado y que no quería que Ethan presenciase. Pero al verlo allí, una punzada de emoción más unida a aquel día infernal le supuso demasiado. Y toda la insoportable tensión que había conseguido mantenerla firme se derrumbó entonces, vaciando sus reservas mientras los sollozos conmovían su cuerpo fatigado. Ethan se colocó a su lado en menos de un segundo. La estrechó entre sus brazos y la atrajo hacia sí. Aquel era el único lugar de la tierra en el que Mia deseaba estar, el único sitio al que realmente pertenecía. Y aunque sabía que estaba mal, aunque sabía que solo serviría para complicarle las cosas, allí mismo, en aquel instante, lo necesitaba. Deseaba que aquellos brazos fuertes y poderosos la abrazaran. Era consciente de que se trataba de una situación transitoria, pero Mia fue indulgente consigo misma y se dejó llevar durante un instante por aquella sensación.

—No pretendo fingir que sé de arte —dijo Ethan con voz grave, confortadora y profunda—. Y sé que comparado con Richard no significo nada para ti.

Mia absorbió su aroma, se hundió en su fuerza, incluso movió unos milímetros la cabeza en señal de negación. Nadie podría remplazar nunca a Richard, pero Ethan lo era *todo* para ella. Siempre lo había sido y siempre lo sería. Pero la sensatez prevaleció y consiguió contenerse en aquel momento crucial, guardando para sí lo que nunca, nunca debería decir.

–Pero si hace falta llevar un coche, entonces yo soy tu hombre.

Aquella nota de humor fue tan inesperada, tan brillante, que consiguió que Mia tocara fondo. Y se vio a sí misma dejándose llevar de verdad, quizá por primera vez en siete años.

–Suéltalo todo, Mia.

Ethan tenía el rostro hundido en su cabello. Con la mejilla apoyada en su pecho, ella escuchó el latido de su corazón. Aquel aroma que llevaba siete años persiguiendo le llenó los agujeros de la nariz. Él era lo único que necesitaba, todo lo que necesitaba. Y tal vez, solo tal vez, ahora podría decírselo.

–Señorita Stewart, acabo de hablar por teléfono con su ginecólogo –dijo la doctora, entrando de pronto sin avisar.

Mia se puso tensa, pero Ethan siguió abrazándola.

–Me ha contado por encima su historia. Lo lamento de veras... No sabía que a quien han enterrado hoy era el padre del niño.

Mia sintió que los brazos de Ethan se ponían tensos. Su respiración pareció detenerse durante un tiempo excesivamente largo. Cuando por fin soltó el aire la ayudó a tumbarse en la camilla. En su rostro no se asomaba ninguna expresión que reflejara su reacción ante la noticia que acababa de recibir. Los angustiados ojos de Mia buscaron los suyos.

–Tal vez, dadas las circunstancias –continuó

diciendo la doctora, claramente ignorante del bombazo que acababa de soltar–, lo mejor sería que se fuera a casa. Pero me gustaría esperar a que se acabara la bolsa de suero, para asegurarnos de que está adecuadamente rehidratada. Y quiero que regrese mañana aquí o a la consulta de su ginecólogo para que le midan otra vez la tensión.

–Gracias –murmuró Mia sin atreverse a mirar a Ethan a los ojos.

Aunque en el fondo esperaba ver alguna reacción por su parte ante la noticia que acababa de recibir.

–Por supuesto, alguien tendrá que llevarla a casa.

–Yo lo haré –se ofreció él con voz sorprendentemente calmada–. ¿Cuánto tiempo tardará en vaciarse el suero?

–Una hora, aproximadamente –respondió la doctora.

–Dame las llaves de tu coche –ordenó Ethan, agarrando el bolso que Mia tenía en la silla–. Iré a buscarlo. Así tendrás una cosa menos de que preocuparte –aseguró, mirándola con dureza.

–Pero no sabes cuál es –respondió ella, acalorada.

Sin embargo, Ethan no se dignó a contestar. Se limitó a agarrar las llaves sin decirle una sola palabra. Reservó toda su frialdad para la médico.

–Regresaré antes de una hora, doctora. Y para que conste, la señorita Stewart está en un estado de shock y resulta claramente incapaz de darse a sí misma de alta. Así que le sugiero que si no está aquí cuando yo vuelva compruebe que está usted al pago de sus cuotas de su seguro médico para casos de indemnización.

La médico no se quedó a soportar la mirada glacial de Ethan y salió por la puerta sin decir nada. Ethan se quedó de pie, mirando en silencio a Mia, y de pronto ella deseó que no se implicara en aquel asunto. No quería escuchar su reacción a la noticia que acababa de recibir. Así que arrugó la sábana entre los dedos y bajó la mirada, sintiendo la rabia y la incredulidad que emanaba Ethan. Podía sentir el desdén que reflejaban sus ojos aunque no se atreviera a alzar la vista para encontrarse con ellos.

–La dulce y pequeña Mia –dijo Ethan finalmente con la voz cortante como el filo de una navaja–. Bien, tal vez puedas engañar a los médicos, a tus amigos, qué demonios, incluso a algún que otro periodista para que se traguen tu historia. Pero estamos en el siglo veintiuno, Mia. No puedes colocarle el niño a Richard solo porque le interese a tu cuenta bancaria.

–Yo no estoy intentando colocar al niño –aseguró ella, atreviéndose por fin a mirarlo–. El bebé es mío, Ethan. De hecho, nunca quise que ni tú ni nadie de tu familia se enterara. Te recuerdo que fuiste tú quien entró aquí y decidió quedarse mientras estaba la doctora.

–Si el hijo es de Richard, ¿cómo es posible que no lo supiéramos? –se preguntó Ethan, ladeando suavemente la cabeza en gesto de incredulidad–. ¿Por qué demonios no nos lo contó? Y si es hijo de mi hermano, ¿cómo es que no aparece en su testamento?

–Porque no hubo tiempo. Y por mucho que yo no quisiera que os enterarais, tampoco voy a negar ahora a Richard. No voy a fingir que no es hijo suyo para que tú te sientas mejor. Pero para tu información te diré que siempre tuve la intención de criar sola al niño. Así fue como lo planeamos.

–¿Qué? –exclamó Ethan, mirándola con ojos asombrados.

–Yo iba a criar sola al niño le pasara a Richard lo que le pasara. Siempre tuve la intención de ser la única que...

–¿Quién necesita un hombre en su vida? –la interrumpió él con sarcasmo–. ¿Qué sentido tiene criar a un hijo con una figura masculina de referencia? ¿Acaso se trata de una de tus consignas hippies en la que involucraste a Richard, Mia?

Ethan sacudió la cabeza con gesto de reproche.

–No has conseguido engañarme ni por un momento, Mia Stewart. Lo tenías planeado hasta el último detalle, ¿no es cierto? Este ha sido tu último intento de meter mano en la fortuna de los Carvelle.

–No me das miedo, Ethan –respondió ella llevándose la mano al vientre en un gesto instintivo de protección–. Y aunque te cueste trabajo creerlo, tu fortuna tampoco me intimida. No quiero ni un centavo de los Carvelle.

Mia dejó escapar una breve risa amarga.

–De hecho, no quiero tener cerca a ninguno de ellos, pero no negaré al padre de mi hijo. Este niño es de Richard y nunca me avergonzaré de ello.

Hubo algo en su tono de voz que consiguió conmoverlo. Tal vez fuera el orgullo con el que levantó la barbilla, o el brillo de sus ojos lo que hizo que abandonara aquel discurso hiriente. Ethan deslizó la mirada hasta su vientre y se quedó mirando fijamente el montículo que se adivinaba bajo las sábanas. Entonces se llevó una mano a la boca y se la cubrió durante un segundo. Luego cerró los ojos y durante un instante Mia pensó que iba a derrumbarse, que la máscara inexpresiva de Ethan Carvelle iba a caerse. Pero se repuso de inmediato. Girando de nuevo los ojos hacia ella, volvió a formularle la misma pregunta de antes y que había quedado sin respuesta.

–¿Por qué no estábamos al tanto? –preguntó, aclarándose la garganta al notar un ligero temblor en la voz–. Si lo que estás diciendo es verdad, ¿por qué Richard no nos dijo nada? Nunca insinuó que fuerais algo más que amigos.

–¿En alguna de vuestras llamadas semanales? –le espetó ella con sarcasmo, dolida por la acusación de interés económico que Ethan le había lanzado–. ¿O tal vez debería haberlo mencionado en alguno de los numerosos correos electrónicos que os mandabais?

Al observar el dolor en sus ojos, Mia se dio cuenta de que había ido demasiado lejos. El día del funeral de Richard no parecía ser el mejor momento para resaltar la distancia que había entre ellos, la tragedia de una relación reducida a una llamada por los respectivos cumpleaños y una felicitación de Navidad.

—Lo siento, eso ha estado fuera de lugar —se disculpó tras un silencio interminable.

—Pero es la verdad —reconoció él encogiéndose de hombros.

—Te aseguro que este es un hijo muy deseado.

—Por favor —dijo Ethan con sonrisa sarcástica, recuperando el tono hiriente para hacerla daño cuando estaba desprevenida—. Tan querido que ningún miembro de la familia estaba al corriente, tan querido que ni siquiera sabíamos que estabais saliendo, tan querido que ni siquiera entraba en los planes hasta que Richard se estaba muriendo.

—¡No tenía que haberse muerto! —le espetó ella con la voz rota por el dolor.

Pero Ethan no pareció inmutarse ante aquella reacción.

—Tenía un cáncer, Mia. Los médicos le dieron dieciocho meses, dos años como máximo. Así que, ¿qué demonios hacía teniendo un hijo? ¿Cómo demonios se le ocurrió traer un hijo al mundo cuando sabía que él no seguiría aquí para verlo crecer? No tiene sentido.

—No todos vivimos de acuerdo con tus reglas, Ethan. No todos vamos por el mundo con una calculadora mental sopesando los pros y los contras de nuestras acciones. Richard sabía que tal vez no llegaría a ver crecer a su hijo y yo también lo sabía, pero era un riesgo que estábamos dispuestos a asumir.

–¿De verdad hablasteis de ello? –preguntó él con desconfianza–. ¿No fue un accidente, una locura de una noche?

–Es un niño deseado, Ethan.

–Oh, estoy seguro de ello –gritó él–. Esto es lo que llevas deseando desde hace años, ¿verdad, Mia?

–Ethan, por favor, tú no lo comprendes...

–¿Ah, no? –le espetó él acercándose peligrosamente–. Ahórrate las lágrimas, Mia. Ya tienes lo que querías. O casi.

–¿Qué quieres decir?

–No pudiste hacerte con el apellido Carvelle por ti misma, así que utilizaste a un hombre confundido y moribundo para deslizarte como una serpiente. Pero te has confundido de familia, Mia. Si te has creído por un momento que mis padres van a ser tan fáciles de convencer como Richard, entonces lamento tener que explotar tu burbuja, querida –aseguró apretando los dientes–. Te atraparán de tal manera en la red de la legalidad que empezarás a cobrar la jubilación antes de ver un solo centavo nuestro.

–Eres un bastardo.

–No –aseguró Ethan, negando con la cabeza y señalando con la mano el vientre de Mia–. Eso es lo que será este pequeño. Eso es lo que has conseguido.

–No espero que lo comprendas –aseguró Mia tratando de suavizar el tono de la disputa–. No espero que entiendas lo que Richard y yo compartimos, pero solo te pido que me creas cuando te digo que esto no tiene nada que ver con el dinero, sino con el amor. No tenía por qué haberse muerto...

Aquellos lagos aguamarina se llenaron de lágrimas, y el color se volvió tan vívido, tan parecido a la hermosa tierra en la que Mia vivía, que durante una fracción de segundo Ethan sintió que había vuelto al hogar.

Un hogar que no era solo el paraíso tropical de Cairns, donde los árboles de gran altura y exuberante vegetación se fundían con el mar, sino el hogar que suponía el espíritu libre y cautivador de Mia. Y experimentó una sensación tan extraña, tan dolorosa, que tardó unos segundos en darse cuenta de que era deseo. Un deseo tan puro que casi podía tocarse, un grito de nostalgia por el puerto acogedor que había encontrado tantos años atrás, por el tiempo que habían pasado el uno en brazos del otro, cuando el mundo era un lugar pacífico y no había nada que no hubiera sido capaz de hacer por ella. Y sintió ganas de inclinarse para secarle las lágrimas que le resbalaban por las mejillas, de rodearla con sus brazos y convertir su mundo en un lugar seguro.

Pero no podía hacerlo.

No podía permitirse el lujo de volver a caer

bajo su hechizo. No podía volver a pasar por aquello otra vez con la esperanza de aparecer al otro lado. Tenía que ser fuerte y mantenerse impasible a sus encantos.

–Pero ha muerto –dijo finalmente–. Richard ha muerto, Mia. Y si me estás diciendo la verdad y este hijo es suyo, entonces tenemos muchas cosas de qué hablar.

Ella sintió cómo se le ponían de punta los pelillos de la nuca al sentir que de repente todo se había complicado al máximo. Y tuvo que admitir finalmente que aquel día no iba a ser el final de nada. Que las cosas, de hecho, acababan de empezar.

–Espera aquí –le ordenó Ethan, guardándose las llaves en el bolsillo–. Iré a buscar tu coche. Y ni se te ocurra pensar en salir de aquí y subirte a un taxi, Mia. Porque créeme, te encontraré.

Capítulo 3

SINTIÓ su presencia antes de verlo.

Sintió cómo la tensión de la sala aumentaba unos grados mientras la doctora le quitaba el suero y la enfermera la ayudaba a quitarse la bata y trataba de poner el vestido negro sobre su cuerpo tembloroso.

—Ya me ocupo yo.

Estaba a la entrada del cubículo con aire de tenerlo todo controlado, atrapándola con la mirada mientras el personal médico salía.

—Puedo vestirme yo sola, gracias —aseguró Mia, poniéndose a duras penas los zapatos.

—Date la vuelta. Tienes la cremallera bajada —apuntó Ethan sin mostrarse molesto.

Si no hubiera estado embarazada de siete meses habría echado la mano hacia atrás y se la hubiera subido ella misma de un tirón, pero el embarazo no daba para tanto lujo. Y bajarse el vestido hasta la cintura y subírsela hasta la mitad antes de darle la vuelta, como había hecho por la mañana, no le parecía la opción más acertada en aquel momento. Así que, roja de vergüenza, se quedó quieta donde estaba, negándose a darse la vuelta como él le había pedido y conteniendo la respiración cuando Ethan se encogió de hombros, se acercó a ella y, sujetándole los rizos sin mayor ceremonial, tiró de la cremallera con facilidad.

Cuando sus manos tomaron contacto con su espina dorsal fue como si hubiera entrado en su cuerpo y le hubiera tocado en algún rincón oculto. Todo su cuerpo se estremeció involuntariamente.

–Ya está –dijo nerviosamente, apartándose con brusquedad–. ¿Puedo irme a casa ya?

–Por supuesto.

–¿Has recogido mi coche?

Ethan asintió con la cabeza.

–¿Cómo sabías cuál era? –le preguntó, mirándolo con los ojos entornados, a la espera de alguna reacción que delatara cierta sensación de incomodidad.

Pero Ethan permaneció inmutable, encogiéndose ligeramente de hombros antes de contestar.

–Te he estado observando.

–¿Observándome? –repitió ella dando un paso hacia delante, furiosa–. ¿Desde cuando?

Pero en lugar de retroceder, Ethan permaneció donde estaba, como si aquella repentina proximidad no significara nada para él.

–Desde hace algunas semanas –confesó él–. A pesar de tu discurso diciendo que eras la única que estaba cerca de Richard, lo cierto es que he estado visitando a mi hermano regularmente. Hacia el final fui a verlo todos los días, de hecho.

–Pero tú vives en Sydney, toda tu familia está ahora allí...

–Correcto. Pero lo cierto es que pesar de tu intención de retratar a los Carvelle como una familia sin sentimientos, cuando supe que el estado de Richard era terminal, volé a Cairns todas las semanas para verlo. Y al final, cuando supe que quedaba poco tiempo, me mudé a una de las propiedades que tengo aquí para poder pasar más tiempo con él.

Aquello era demasiado. La mente de Mia trató de procesar la información de que Ethan había estado allí, que había estado en el hospital dándole la mano a Richard. Mia abrió la boca un par de veces pero volvió a cerrarla. Tenía muchas preguntas en la punta de la lengua, pero primero tenía que averiguar cuáles quería hacerle.

Ethan respondió sin necesidad de que se lo preguntara en voz alta.

–Te he estado evitando, Mia.

Sus palabras fueron directas y cortantes, sus ojos más amenazadores de lo que ella nunca creyó posible, totalmente distintos a los de aquel joven con el que había hecho el amor tantos años atrás, tan lejanos de la ternura que una vez demostraron.

–Para ser sinceros, no se me ocurría nada peor que estar en la misma habitación que tú: una confrontación a la cabecera de la cama de un moribundo no es mi estilo. A pesar de la porquería que hayas podido leer sobre mí tengo mis principios.

–No, Ethan, no los tienes –aseguró ella con voz cortante mirándolo a los ojos–. He leído sobre los tratos multimillonarios que haces comprando negocios hoteleros prósperos para hundirlos y venderlos.

–Así son los negocios –se excusó él, encogiéndose de hombros.

–Tal vez –dijo Mia sin apartar la mirada–. Pero, ¿qué me dices de las mujeres, Ethan? ¿Te parece bien meterlas en tu cama para echarlas con cajas destempladas por la mañana?

–No soy hombre de aventuras de una noche –respondió Ethan con frialdad–. Si leyeras la prensa con más atención te darías cuenta de que la mayoría de las relaciones que he tenido han durado un poco más.

–No mucho más –aseguró ella–. Una semana, como mucho un mes.

–¿Y qué? –se preguntó Ethan, encogiéndose de hombros–. Yo no miento, Mia. Nunca prometo que durará para siempre y si le preguntas a cualquier mujer con la que he salido en el pasado te puedo garantizar que ninguna de ellas lo lamenta, por muy corta que haya sido la relación.

–¿Estás seguro de eso? –lo retó Mia, sintiendo que la furia se apoderaba de ella–. Pues bien, aquí tienes a una mujer que se arrepiente, Ethan. Una mujer que desearía más que nada en el mundo no haber sido uno de tus barcos que pasan de noche, a la que le gustaría darle la vuelta al reloj y borrar hasta el último recuerdo del tiempo que compartimos.

–Mentirosa.

Ethan deslizó muy despacio un dedo por su mejilla abriéndose camino por la oreja hasta llegar al cuello, donde le latía el pulso. Transfigu-

rada, llena de deseo y pasión, Mia le miró fijamente. Miró al hombre que parecía leer sus pensamientos más íntimos, el hombre al que había
apartado de su cabeza todas las mañanas al levan-
tarse pero que se había colado en los sueños de
sus solitarias noches durante siete largos años.
Mia deseó saber mentir mejor. Deseó poder mirarlo de frente y decirle que todo lo que había dicho era absolutamente cierto. Pero no movió la
boca. No pudo obligar a sus labios a pronunciar ni
una sola palabra mientras él continuó hablando.

–Lo recuerdas todo, Mia. Yo estaba allí, ¿te
acuerdas? Te sentí derretirte entre mis brazos, te
escuché gritar mi nombre, así que no me vengas
ahora con que desearías que no hubiera ocurrido.
No trates de fingir que no he sido el mejor amante
que has tenido jamás.

–¿Va todo bien?

La doctora había regresado y miraba a ambos
visiblemente nerviosa. Mia trató de mantener la
calma. Si a alguien se le ocurriera medirle la tensión en aquel instante no la dejarían salir de allí
bajo ningún concepto.

–Todo va perfectamente –aseguró Ethan con
frialdad, tomando a Mia de la mano con gesto posesivo–. De hecho, estaba a punto de llevar a la
señorita Stewart a su casa.

El aire fresco de la noche era como un bálsamo
para sus mejillas encendidas. Mia caminaba a su

lado, sintiendo el poder que exudaba. Aunque estaba confusa y aunque el día se había salido completamente de madre, había algo de consolador en el hecho de estar en aquel momento con Ethan.

Finalmente, después de todos aquellos años, se lo había encontrado cara a cara.

Y se había enfrentado incluso a él.

Y tal vez, solo tal vez, se vislumbrara el final de su agonía. Cuando por fin se dijeran todo lo que tenían que decirse, cuando las preguntas que habían quedado colgando en el aire obtuvieran por fin respuesta, podría seguir con su vida.

Tal vez emocionalmente tocada.

Seguramente enamorada todavía de él.

Pero siete años en la oscuridad, sin entender la razón, sin ninguna explicación de por qué él se había alejado de todo lo que habían sido, era demasiado tiempo. Seguramente la verdad, por muy dura e insoportable que fuera, por mucho que rebajara el tiempo que habían compartido, sería mejor que la oscuridad en la que había estado sumida todos aquellos años.

Permitiría que la llevara a casa. Mia ya había tomado aquella decisión. El recorrido de dos horas sería suficiente para obtener las respuestas que ansiaba, y después llamaría a un taxi para Ethan.

–¿Dónde está mi coche? –preguntó, mirando cómo se abrían las puertas de un deportivo de lujo–. Dijiste que lo habías recogido.

–Y eso he hecho –respondió Ethan con naturalidad–. Pero lo he dejado en la entrada de mi casa para asustar a los vecinos. ¿Es que crees que iba a dejar que condujeras hasta tu casa después de lo que ha dicho la doctora?

–Por supuesto que no. Pensé que *tú* me llevarías a casa.

–Y eso voy a hacer –insistió Ethan.

–Me refiero a *mi* casa.

–¿Cómo? –exclamó él, soltando una carcajada–. ¿De verdad creíste que te llevaría a tu pequeño refugio de amor en las colinas? Lo siento, querida, pero no estoy por la labor de conducir durante dos horas. Para empezar, necesito una copa y un baño de mármol con agua caliente. Y estoy seguro de que tú no puedes ofrecerme ninguna de las dos cosas.

Ethan levantó la mano para impedir que ella rebatiera su argumento.

–El licor de moras y el agua calentada por energía solar no están entre mis preferencias.

Al ver sus labios apretados y el modo en que la miraba de reojo, Mia supo que no tenía ningún sentido discutir. Hacía tiempo que Ethan se había montado su propia película sobre la vida que ella llevaba.

–Dejemos una cosa clara, Mia: puedes poner tu salud en peligro. Qué demonios, cuando nazca el niño, por mí como si quieres saltar de una avioneta sin paracaídas. Pero si has pensado por un momento que voy a dejar que te refugies en las montañas para vivir la vida al estilo bohemio mientras esperas a cobrar la herencia, estás muy equivocada. Este niño merece mucho más de lo que tú puedes darle y voy a asegurarme de que lo consiga. Y ahora, baja del coche.

A pesar de lo furiosa que le hacía sentirse su presunción, a pesar de lo mucho que le molestaba su arrogancia, cuando se desabrochó el cinturón de seguridad Mia tuvo que admitir que se sentía en cierto modo aliviada, aunque no lo hubiera confesado ni en un millón de años. Se sentía absolutamente exhausta. Pero cuando se detuvieron delante de su propiedad, cuando sus pies se apoyaron sobre las piedrecitas blancas, el poder y la riqueza que constituían la esencia de Ethan Carvelle se mostraron en todo su esplendor.

La mansión de Ethan era una gigantesca construcción blanca de una sola planta construida sobre un acantilado, tan cerca del mar que parecía poder tocarlo desde allí.

–Si quieres te enseño la casa... –comenzó a decir Ethan guiándola hacia uno de los balcones.

Pero Mia negó con la cabeza.

–No necesito una visita guiada, Ethan. Solo quiero saber dónde voy a dormir. Mañana por la mañana volveré al hospital para medirme la tensión y después me largaré de aquí.

Ethan abrió la boca para decir algo, pero ella no se lo permitió.

–Ya sé que tenemos que hablar, y por eso estoy aquí después de todo. Pero me temo que tendrá que esperar hasta mañana.

–¿Y si no puedo esperar? –insistió él–. ¿Y si necesito ahora algunas respuestas?

–Entonces tendrás que ejercitar tu paciencia –respondió Mia con firmeza–. Mi prioridad en este momento es el bebé, y teniendo en cuenta que he pasado el día en un funeral y monitorizada en un hospital, me atrevo a decir que ya he tenido bastante por hoy.

Su rabia pareció apaciguarse, pero se quedó allí de pie en medio de la semi oscuridad del balcón con aire digno. Entonces dejó escapar un hondo suspiro de agotamiento. Se le cerraban los ojos.

–No puedo seguir por esta noche, Ethan.

–Me parece bien –aseguró él con la voz más dulce que Mia le había escuchado en todo el día–. Segunda habitación a la izquierda.

Mia asintió con la cabeza e hizo amago de marcharse, pero Ethan la agarró de la muñeca y la obligó a darse la vuelta para mirarlo.

–Hablaremos mañana –murmuró, mirándola fijamente a los ojos–. ¿Es el hijo de mi hermano?

Ella volvió a asentir con la cabeza, imperturbable, y, cuando Ethan alzó la mano que tenía libre y le preguntó sin palabras si podía tocarle el vientre para sentir al hijo que llevaba dentro, Mia le dio permiso sin demasiada convicción. Cerró los ojos al sentir su mano cálida sobre su piel. El niño se movió ante aquel contacto y ella se sintió invadida por una soledad absoluta. En aquel momento fue consciente de lo que nunca tendría: un compañero que estuviera a su lado, que la guiara en aquellos momentos tan emotivos, alguien con quien compartir el sinfín de dificultades que sin duda surgirían. Y sintió también una punzada de tristeza por el bebé, por lo que nunca llegaría a conocer.

La luna llena la iluminaba, igual que todas las estrellas del cielo, entre las que ahora se encontraba también Richard. Y Mia lo echó de menos, no solo por amistad y amor, sino por su hijo, por el padre al que nunca conocería ya.

—Cuídalo, Mia.

—Lo haré.

—Que te cuides tú, quiero decir.

Ella asintió con la cabeza mientras Ethan retiraba a regañadientes las manos de su vientre. En cuanto las quitó ella las echó de menos, echó de menos la fuerza y el calor de su contacto, aquel pequeño destello de intimidad. Incluso echó de menos la manera en que le sujetaba la muñeca cuando por fin la soltó.

Ethan estaba de espaldas al cielo. En la oscuridad su expresión era indescifrable.

—Buenas noches, pues —dijo ella con la voz un tanto rota, deseando sin querer que él volviera a tocarla para acabar con aquella soledad.

Ethan no respondió, ni ella esperó que lo hiciera. Cruzó el balcón y abrió la puerta, incapaz de seguir manteniendo aquella tensión emocional.

—Mia...

Hubo algo en su tono de voz que la obligó a detenerse. Y al darse la vuelta y observar su expresión sintió deseos de echarse a llorar, porque nunca lo había visto tan inseguro, nunca había visto a Ethan de otra manera que no fuera seguro de sí mismo y controlando la situación.

–¿Crees que lo sabía? ¿Crees que lo entendió?

–¿Lo del niño? –preguntó Mia.

Pero él negó con la cabeza.

–¿Crees que sabía que lo quería? –preguntó Ethan, buscándole la mirada–. En el fondo, quiero decir. Cuando me marché de Cairns apenas mantuvimos contacto. Cuando él volvió, después de que yo me fuera...

Ethan dudó unos instantes antes de proseguir.

–Todo cambió entre nosotros y nunca entendí la razón. Estoy repasando una y otra vez las visitas que le hice al hospital y no puedo recordar si le dije en algún momento que lo quería de verdad... Seguramente no –aseguró, soltando una risa amarga–. Ni siquiera sé si de verdad yo mismo me lo creo.

–Era muy querido –susurró Mia–. Y estoy seguro de que Richard lo sabía. Ahora descansa en paz, Ethan, y eso es lo que tienes que pensar. Aunque era demasiado joven para morir los dos sabemos que al final no ocurrió demasiado pronto. Ahora está libre de todo dolor y con suerte en algún lugar más feliz.

Cuando encontró su habitación, se tumbó sobre las sábanas limpias y se quedó mirando fijamente cómo rompían las olas en la orilla bajo la luz de la luna. El mundo seguía girando como siempre. Y aunque Mia pensaba que había terminado, que había exprimido todo su dolor antes, mucho antes de que su querido amigo muriera, supo entonces que estaba equivocada. Las lágrimas silenciosas que se deslizaban por su cabello no eran por el bebé, no eran por Ethan, que seguiría triste y solitario en el balcón. Ni siquiera eran por ella ni por el amor y la amistad que tan pronto le habían arrebatado.

Eran por Richard.

Por un hombre bueno y cariñoso, un hombre que no se merecía haberse perdido todos los años maravillosos que podía haber tenido por delante.

–*¿Estás segura de esto?*

La voz incrédula de Richard parecía susurrarle al oído aquellas palabras que escuchó de sus labios tiempo atrás, palabras que habían sellado su destino. Richard se había mostrado sorprendido y al mismo tiempo encantado ante lo que ella acababa de afirmar, el compromiso que estaba dispuesta a adquirir para que él pudiera vivir.

–*¿Estás segura de lo que vas a hacer, Mia?*

Qué ingenua había sido, qué patéticamente ingenua al creer que las promesas que se habían hecho aquella noche al lado del fuego no impactarían en su vida para siempre.

–*Nadie debe saber jamás la verdadera razón, Mia* – le había asegurado Richard con una dureza poco habitual en él–. *Los dos tenemos que prometerlo. Pase lo que pase, sin importar el coste personal que suponga, nunca revelaremos la razón de este embarazo. No sería justo para el bebé. Si la verdad sale a la luz sonaría tan cínico, tan calculador...*

–*Nadie lo sabrá nunca. Te juro, Richard, que nunca revelaré que este hijo fue concebido por otra razón distinta al amor.*

Un amor distinto.

Un amor distinto que la mayoría de la gente no entendería.

Richard había hecho bien al pedirle que hiciera aquella promesa, porque en aquel momento le resultaría muy fácil contarle a Ethan la verdad, sería muy fácil exonerarse así ella. Pero, ¿qué le supondría eso a su hijo?

Con las lágrimas resbalándole por el cabello, Mia se quedó mirando fijamente la oscuridad, sintiendo al bebé moverse en su interior, la parte inocente de toda aquella historia, lo único que realmente importaba.

Richard ya no estaba.

Le correspondía a ella guardar el secreto.

Capítulo 4

EL MÉDICO está aquí –dijo Ethan, dejando una de sus camisas sobre la cama y mirando fijamente a Mia–. Puedes ponerte esto.

Ella abrió los ojos a duras penas y por un segundo pensó que estaba soñando, que se había despertado a una deliciosa fantasía en la que Ethan Carvelle todavía existía.

Él había estado nadando. En el aire flotaba un ligero aroma a cloro, y tenía los ojos algo rojos. Por una vez llevaba el cabello sin peinar, sin duda gracias a la toalla que tenía al cuello y que era lo único que tenía puesto a excepción de otra toalla anudada a la cintura. Una línea sedosa de vello cubría su estómago plano y marcaba sugerentemente el camino hacia la parte inferior de su cuerpo.

–¿Qué médico?

Mia trató de esforzarse para que al menos pareciera que mantenía algún tipo de control. Así que se sentó, miró el reloj de la mesilla de noche y se quedó hundida al ver que marcaba casi las once.

–Se supone que tengo que estar en el hospital dentro de cinco minutos.

–Olvídate del hospital –respondió Ethan–. Garth Wilson es uno de los mejores ginecólogos de Crains, o al menos eso dice la esposa de mi director. Pero tengo que admitir que yo tengo mis reservas. Parece uno de los tuyos.

–¿Qué se supone que quiere decir eso? –se apresuró a contraatacar Mia.

–Que es uno de esos del tipo amor y paz. Personalmente prefiero un médico con bata blanca y un escritorio de caoba entre él y yo.

–Ya supongo –murmuró ella.

–En cualquier caso, he consultado sus credenciales y son impresionantes, así que le he pedido que se haga cargo de ti.

–¿Cómo dices? –dijo Mia, mirándolo fijamente con lo que pretendía ser una mirada fulminante–. Si quisiera una segunda opinión yo misma la buscaría. Desde luego no necesito que tú lo hagas por mí. Y ahora, si me disculpas, tengo que llamar al hospital y preguntar si pueden darme otra cita.

–Olvídate del hospital –respondió Ethan, sacudiendo la cabeza–. Olvídate de que te cuiden rostros sin nombre. Necesitas un seguimiento.

–¿Desde cuando eres un experto en salud femenina? –le espetó ella convencida de que no iba a obtener respuesta–. No quiero oír una palabra más sobre ginecólogos privados y visitas a domicilio. No hay ninguna necesidad.

–Yo diría que sí –aseguró él, tomando asiento a su lado en la cama–. Mia, tienes la tensión por los aires y ayer te desmayaste debido a una deshidra- tación. Además, estás por debajo de tu peso.

–¿Y tú como lo sabes? Siempre he sido del- gada.

–No tanto –insistió Ethan, negando con la ca- beza.

Entonces deslizó una mano entre las sábanas y le agarró la pantorrilla por debajo. Como reacción instintiva, Mia trató de apartarse porque su con- tacto era más de lo que podía soportar. Pero Ethan la sujetó con fuerza y la miró a los ojos. Ella le devolvió la mirada de un gatito asustado.

–Yo te he visto desnuda, Mia. ¿Lo recuerdas?

Él sí recordaba cada día, cada noche. Y al mi- rarla ahora, al sentir el calor de su pierna bajo la sábana, no le resultó difícil revivir con nitidez el momento en que todo comenzó.

El flash del fotógrafo capturó para siempre el momento en el que estaban sentados a la mesa del restaurante. El peso del mundo se desvaneció mientras se dirigían a un lugar más seguro dentro del local. Allí degustaron marisco mientras reían, charlaban y sentían.

–Este es mi estudio –dijo Mia más tarde cuando se detuvieron frente a una puerta de metal tras atravesar varias calles.

–Y este es tu trabajo –murmuró él dándolo por hecho al observar los estantes repletos de peque- ñas esculturas–. Son muy bonitas.

–Esculpo y también pinto –respondió ella, en-

cogiéndose de hombros–. Este año iré a la universidad a estudiar arte para conocer nuevas técnicas.

Mia agarró una escalera y, tras apoyarla en la pared del fondo, comenzó a subir. Ethan sabía que lo más sensato sería darse la vuelta, pero se limitó a seguirla en la oscuridad hasta llegar al altillo del estudio. Sus ojos tardaron unos instantes en acostumbrarse a la oscuridad.

–Enciende la luz.

–Arriba no hay luz –dijo Mia con suavidad–. Solo la que llega de la bahía. No suelo dormir aquí, a no ser que me quede trabajando en alguna obra hasta tarde. Entonces llamo a mi padre y le digo que me quedo.

Ethan la miró fijamente. Su parte sensata luchaba por hacerse oír, pero la cama blanca que había en la habitación se hizo notar.

–Lo siento –se disculpó Mia, encogiéndose de hombros–. Está un poco desordenado. Nunca he traído a nadie aquí. Pero es que no esperaba sentir...

Mia se quedó sin habla, pero sus últimas palabras se quedaron colgando en el aire.

Ella también le había hecho sentir.

Aquella mujer impresionante, bella y misteriosa lo hacía sentir.

Ethan Carvelle estaba acostumbrado a las mujeres hermosas, había hecho el amor con las bellezas más reputadas de Australia para después abandonarlas. Pero ninguna de ellas le había

atraído tan poderosamente como aquella, nin-
guna había estado tan cerca de hacerle bajar la
guardia como Mia.

La razón y el sentido común podían irse al dia-
blo.

—Eres preciosa —le dijo sin poder contenerse–.
Dime, Mia, ¿qué quieres?

Ella parpadeó al mirarlo. Sus pendientes pla-
teados brillaban a la altura del cuello.

—Quiero que me hagas el amor.

Ethan pudo sentir sus ojos abriéndose desmesu-
radamente, como si ni ella misma pudiera creerse
lo que acababa de decir.

—Adelante —susurró Ethan con la respiración
tan agitada que tuvo que obligarse a tomárselo
con calma.

—Quiero que me enseñes cómo.

—¿No has hecho nunca el amor antes?

Mia negó con la cabeza.

—¿Y qué me dices de Richard?

—Somos solo amigos, Ethan. Eso es todo.

Y él la creyó.

—Richard y yo somos buenos amigos, ni más ni
menos.

Mia se encogió levemente de hombros. El mo-
vimiento provocó que sus senos se elevaran se-
ductores, que sus pezones se le adhirieran al ves-
tido. Ethan reprimió el deseo de cruzar la
habitación, de sellar aquella boca jugosa con un
beso apasionado, pero le había hecho una pre-
gunta y lo menos que podía hacer era esperar a
que ella respondiera.

–No espero nada de ti, Ethan. Dentro de un par de meses me marcharé a la universidad. Y cuando tú encuentres a Richard volverás a Sydney. Sé que nuestros mundos son muy diferentes y...

Mia nunca terminó la frase. Él no fue capaz de permitírselo. Cruzó en un instante la distancia que los separaba y hundió los labios en los suyos, dejándola sin palabras. Su lengua experta buscó en las profundidades de su garganta, atrayendo su cuerpo ardiente hacia el suyo. Los labios de Mia eran lo más dulce que había saboreado en su vida, y la besó a su vez con una profundidad y una pasión que no sabía que era capaz de sentir. Ethan le quitó las horquillas del cabello para que sus rizos rubios cayeran como una cascada sobre los hombros y después le bajó la cremallera del vestido. Su deseo era tan profundo que casi le dolía. Al verla allí delante sin sujetador, con sus pechos como perlas suaves y en armonía con su cuerpo, perdió su último vestigio de control.

Le costaba trabajo creer que aquella criatura deliciosa y casi divina estuviera allí delante de él, deseándolo tanto como él la deseaba a ella. Se arrodilló delante de Mia y tras quitarle muy despacio las braguitas hundió la cabeza en aquella piscina dulce y húmeda que encerraba entre las piernas. Su deseo se vio renovado con los gritos de placer que surgieron de la garganta de Mia. El temblor de sus muslos sobre sus mejillas resultó ser el mejor afrodisiaco del mundo. Ethan fue consciente de que no podía seguir controlándose.

Tenía miedo de que su potente erección pudiera herir la carne virginal de Mia, pero ella estaba maravillosamente húmeda y receptora cuando entró en su cuerpo.

En aquel momento podría haberle prometido cualquier cosa, le hubiera entregado el mundo si le hubiera dejado.

Si Richard no hubiera regresado...

–Ethan.

El tenue murmullo de Mia devolvió a Ethan bruscamente a la realidad.

–No puedes comparar mi cuerpo actual con el de entonces. Tenía dieciocho años.

Mia no quería recordar, no quería desenterrar los fantasmas del pasado. Y no era justo por parte de Ethan sacar a relucir el ayer cuando había un médico esperando fuera y cuando no había ninguna posibilidad de llegar a ningún sitio con aquella conversación.

–Tienes que ver a este médico por el bien del bebé –aseguró con dulzura–. Necesitas un cuidado adecuado y está claro que el que has estado recibiendo hasta el momento no es suficiente.

–De acuerdo –accedió Mia, asintiendo a regañadientes con la cabeza–. Lo veré. Pero te advierto una cosa, Ethan: Este es mi embarazo y este es mi bebé. No permitiré que interfieras. Te lo digo en serio.

–Vamos a ver qué nos dice el médico, ¿de acuerdo? –se limitó a decir Ethan, poniéndose en pie para marcharse–. Solo te pido que al menos abras la mente, Mia. Que escuches lo que tiene que decir antes de formarte una opinión.

–Es curioso oír eso de tus labios, Ethan –respondió ella cuando la puerta no había acabado de cerrarse.

A pesar de su secreta intención de permanecer inmutable ante el indudablemente carísimo ginecólogo que Ethan había escogido para ella, Mia se dio cuenta al instante de por qué Garth Wilson tenía tanto éxito entre sus pacientes. A diferencia de las breves consultas que tenía en el hospital local, en las que le atendía un médico distinto cada vez y en las que siempre le hacían las mismas preguntas rutinarias, Garth la hizo sentirse cómoda al instante. La escuchó antes de examinarla y después hablaron de las opciones que había para dar a luz, entre las que no descartó la posibilidad de un parto natural.

–A mí me gustaría tener el niño en casa, por supuesto –aseguró Mia, tragando saliva–. Pero...

–Teniendo en cuenta lo alta que tienes la tensión no creo que sea el camino más seguro –aseguró Garth, sonriéndole–. El centro de maternidad es una opción excelente: las matronas son estupendas y... ¿Hay algo más que quieras decirme, Mia? –le preguntó el médico, frunciendo el ceño.

–Sí, lo hay, pero...

No terminó la frase. Decidió detenerse un instante, pero enseguida continuó, consciente de que debía hacerlo.

–Nadie debe saberlo. Quiero decir, que si te lo cuento Ethan no debe...

–Quedará entre nosotros –se adelantó Garth, apoyando suavemente la mano en su brazo–. ¿Qué te preocupa, Mia?

–Todo –confesó ella, conteniendo las lágrimas–. Aunque la idea de dar a luz en casa me apetecía, siempre pensé que tendría al niño en el hospital porque íbamos a utilizar la sangre del cordón umbilical.

–¿La sangre del cordón? –preguntó Garth cayendo en la cuenta–. ¿Para hacer una donación?

–El padre del niño tenía cáncer –respondió Mia, asintiendo con un ligero temblor.

–¿Ethan no es el padre? Vaya, lo siento –se apresuró a disculparse Garth al observar su expresión de sorpresa–. Como vino a mí tan preocupado...

–Este es el hijo de su hermano, por eso se preocupa tanto. Richard murió la semana pasada, ayer lo incineraron.

–Lo siento, Mia –dijo el médico, que parecía realmente apesadumbrado–. Todavía debes estar conmocionada.

–Sin embargo, sigo interesada en donar el cordón umbilical de mi hijo –respondió ella, que no quería hablar de aquel asunto tan íntimo y doloroso con un desconocido–. Richard y yo hablamos de ello y decidimos que... ¿Tú podrías arreglarlo, Garth?

–Por supuesto –aseguró él palmeándole el

brazo, claramente confundido ante su aparente frialdad–. Yo me encargaré de todo. Tendrás que firmar un montón de papeles y hacerte un par de análisis de sangre al final del embarazo.

–¿Y Ethan no se enterará?

–Si tú no quieres, no. ¿Hay algo más que quieras contarme, Mia? –insistió el médico, frunciendo más todavía el ceño.

–Nada.

Sus ojos se llenaron de nuevo de lágrimas. El peso de su secreto resultaba demasiado pesado para sus hombros cansados. Pero se las tragó, alzó la barbilla con gesto desafiante y lo miró directamente a los ojos. No estaba en su mano revelarle el secreto que guardaba dentro.

–Nada en absoluto.

–¿Y bien? –preguntó Ethan, entrando en la habitación una hora más tarde, cuando Garth se hubo marchado.

Iba vestido con un traje de chaqueta y ahora sí que estaba peinado. Llevaba una corbata sin anudar al cuello, los cordones de los zapatos desabrochados, y estaba igual de sexy que cuando se lo encontró semidesnudo nada más abrir los ojos.

–¿Qué ha dicho?

–¿Quién?

–No seas retorcida, Mia –protestó Ethan, entornando los ojos–. Tengo una reunión dentro de media hora y quiero saber cómo van las cosas antes de marcharme. Ya hablaremos más despacio cuando regrese. Así que, por favor, dime rápidamente: ¿qué ha dicho el médico?

–Que sigo teniendo la tensión alta y que necesito tomarme las cosas con calma.

–¿Y qué más?

–Que aparte de eso estoy perfectamente.

–Vamos, Mia, ha estado aquí más de una hora. Seguro que te ha dicho algo más.

–Escucha, Ethan –comenzó a decir ella, pasándose la mano por el cabello para armarse de paciencia–, hace siete años que no te veo. No puedes pretender que me abra a ti sin más.

–¿Por qué no? –preguntó él sinceramente sorprendido.

–Después de cómo me trataste, ¿todavía tienes el cuajo de ordenarme que te cuente *rápidamente* mi información más personal y mis detalles más íntimos solo porque tienes una reunión de trabajo?

–¿Después de cómo te traté? –exclamó Ethan, cruzando la habitación para colocarse delante de la puerta–. ¡Eres tú la que tiene un cuajo increíble, Mia! ¿Te importaría explicarme en qué momento consideraste que te traté mal?

La voz de Ethan iba subiendo de nivel a cada palabra que decía. La confrontación que Mia esperaba y temía al mismo tiempo estaba a punto de tener lugar, y ella no estaba muy segura de estar preparada.

–Te acostaste conmigo, Ethan. Aquellas semanas que compartimos lo significaron todo para mí. Dijiste que me querías, que me adorabas, que querías estar conmigo. Y durante ese tiempo lo único que hiciste fue utilizarme. Durante todo ese tiempo tenías pensado despedir a mi padre y me utilizaste para saber dónde estaba Richard. Y yo me lo tragué todo.

—Fui yo quien se lo tragó todo —rugió Ethan—. Yo fui el imbécil que me creí todas las mentiras que me contaste.

—Yo nunca te mentí —aseguró Mia.

Pero Ethan se limitó a negar con la cabeza. Sus ojos reflejaban una furia contenida durante siete años.

—Tú fuiste el mentiroso. Richard regresó y tú te marchaste. Y no solo eso, sino que dos días más tarde pusiste a mi padre de patitas en la calle. Me exprimiste todo el jugo y me dejaste sin nada.

—¡Sin nada! —gritó él, furioso—. ¿Sin nada?

—Me gustaría darme una ducha, Ethan —aseguró Mia con voz extremadamente pausada—. Y si no me dejas darme una, me vestiré y tomaré un taxi de vuelta a mi casa en este mismo instante.

Ethan se apartó de la puerta lo suficiente para dejarla pasar, pero sus ojos llenos de ira seguían clavados en ella y su cuerpo seguía ocupando el marco de la puerta. Mia pensó entonces que ya había tenido bastante.

—Voy a darme una ducha ahora mismo, Ethan.

—Desde luego que no —ladró él—. Si crees que puedes lanzarme semejante piedra y esconder de inmediato la mano, estás muy equivocada. Te dejé con mucho más de lo que me dejaste tú a mí, dónde va a parar. Te traté mucho mejor de lo que te merecías, Mia Stewart. Si no hubiera sido por mí ahora estarías en la calle y no en una galería de moda llamándote a ti misma artista. ¡Y el finiquito que los Carvelle le entregaron a tu padre supuso mucho, mucho más de lo que él se merecía!

Mia se dio la vuelta y lo miró a los ojos. Su boca era una línea recta, y le acercó el rostro con aire amenazador mientras dejaba escapar las siguientes palabras:

—Deja a mi padre fuera de esto, Ethan, o te juro que...

—¿Qué? Adelante, Mia. ¿Qué tienes que decir? Los dos sabemos que podía haberos arrojado a ti y a tu familia a los leones, y sin embargo convencí a mi padre para que no llamara a la Policía, prácticamente le supliqué que finiquitara a tu padre en lugar de echarlo con cajas destempladas.

—¡Echarlo con cajas destempladas! —exclamó ella, alzando la voz y mirando a aquel hombre odioso con incredulidad—. ¿Y por qué? ¿Porqué su hija se estaba acostando con el jefe?

La dureza de aquellas palabras la sobrecogió nada más pronunciarlas, pero a eso la había obligado Ethan. Aquel era el resultado obtenido cuando se reducía lo que había sido algo bello a nada más que un sórdido encuentro sexual.

—Acostándose con la familia Carvelle, diría yo.

Ethan tenía el rostro tan pálido como los azulejos del cuarto de baño. Sus ojos negros brillaban con aire amenazador.

–Acostándote no solo con uno de los hermanos, sino con los dos.

–¿Qué?

–Te estabas acostando con los dos. No te hagas la inocente, Mia –insistió Ethan al verla negar con la cabeza y abrir la boca para intentar decir algo–. Sí, volví a casa de mis padres cuando supe que Richard había vuelto. Pero no tenía intención de dejarte. Iba a decirles que...

Ethan apretó los puños. Las sienes le latían con el sonido de su pulso al recordar aquel viaje, cuando iba dispuesto a enfrentarse a lo que hubiera entre Richard y él, a calmar las aguas con una buena noticia.

Había amado a Mia.

–¿Qué ibas a decirles a tus padres?

Mia lo devolvió a la realidad del momento presente y Ethan la miró con frialdad, sacudiendo la cabeza, incapaz de creer lo ingenuo que había podido llegar a ser.

–Mediste bien la jugada, ¿verdad? –aseguró, soltando una carcajada amarga–. No pudiste arrastrar de nuevo a Richard a tu cama así que decidiste atacar a su hermano mayor.

–No tengo ni idea de qué estás hablando.

–¡Lo escuché de sus propios labios, Mia! Escuché cómo Richard les contaba a mis padres que se había liado contigo y que por eso había salido huyendo, por eso dejó la ciudad como alma que lleva el diablo. Le daba terror que estuvieras embarazada, que lo hubieras atrapado...

–Eres repugnante.

–No, tú eres repugnante –respondió Ethan–. Me utilizaste, te acostaste conmigo con la única intención de quedarte embarazada porque sabías que tu padre iba a ir a la cárcel. Tu padre y tú querías sacarnos hasta el último centavo. Tu padre era un artista de la trampa, Mia, lo sabes tan bien como yo. Se estaba gastando el dinero de la empresa rápidamente y sin tiempo para tapar los huecos, pero nosotros confiamos en él, Mia. ¿Y qué conseguimos? Los Carvelle perdimos por su culpa cientos de miles de dólares.

–¡Él salvó a los maravillosos Carvelle! ¡Evitó que averiguarais una verdad que ninguno queríais escuchar!

Aquellas palabras salieron de ella antes que tuviera tiempo de procesarlas. Acababa de abrir la caja de Pandora, pero aunque entonces hubiera podido cerrarla, Mia no estaba muy segura de querer hacerlo. Escuchar cómo se mancillaba el nombre de su padre, escuchar a Ethan Carvelle calumniar al maravilloso hombre que había sido su padre, fue más de lo que pudo soportar.

–Adelante –ordenó Ethan con voz fría y gesto impasible, aunque el temblor de sus labios revelaba que estaba muy lejos de hallarse tranquilo–. No empieces algo que no puedas terminar, Mia.

–Oh, claro que puedo terminarlo, Ethan –aseguró, mirándolo con gesto desafiante–. Siempre y cuando estés seguro de querer oírlo.

Un breve asentimiento de cabeza fue la única respuesta que obtuvo. El tono de voz, que tan solo unos segundos antes estaba cargado de veneno, parecía ahora curiosamente calmado. Mia se pasó la lengua por los labios secos.

–Mi padre no se estaba gastando el dinero de la empresa, tal y como tu familia se apresuró a asegurar.

–Todavía conservo los libros de contabilidad –respondió Ethan–. Tu padre estaba desviando dinero. Era bueno, tengo que reconocerlo. Borraba las huellas de todos sus movimientos, pero al final lo descubrí.

–No entendiste nada –insistió ella, negando obstinadamente con la cabeza.

–Si quieres te enseño los libros. Tu padre...

–No necesito ver los libros –lo interrumpió Mia–. Mi padre no estaba robando a la empresa. Fue Richard.

–¿Richard?

El rostro de Ethan reflejaba una ira tremenda cuando ella le devolvió la mirada, abrumada por lo que acababa de decir y al mismo tiempo aliviada.

–¿Tan bajo estás dispuesta a caer, Mia? ¿Acusas a un hombre muerto de...?

–Richard no es el único que ha muerto –lo interrumpió ella–. Mi padre se fue a la tumba sabiendo que todos creíais que os había robado.

Mantuvo el secreto durante cinco largos años, hasta que finalmente aquello lo mató. Así que no te atrevas a venir aquí a juzgarlo, no te atrevas a decir que era un artista del robo. Al contrario que tu familia, mi padre tenía sentimientos. Sabía que si el gran Hugh Carvelle descubría que su hijo tenía problemas financieros le haría pasar un infierno a Richard. El único delito que mi padre cometió fue encubrir a tu hermano.

—Lo que ya es en sí mismo un delito —apuntó Ethan.

Pero su tono de voz había perdido algo de rotundidad. Su respiración parecía más agitada cuando repasó los hechos del pasado tamizados por el beneficio de la duda.

—¿Richard tenía problemas económicos?

Mia asintió con la cabeza, preguntándose hasta dónde desvelar.

—Richard tenía muchos problemas de dinero en aquel momento, Ethan. Muchos.

Se mordió el labio inferior al recordar aquellos momentos horribles, la angustia que reflejaban los ojos de su amigo cuando se derrumbó y le confesó la sórdida verdad. Pero Mia no podía contarlo, no se veía capaz de decirle a Ethan lo terrible que había sido, ni hablarle de aquella gente que se hicieron pasar por amigos y que habían estado chantajeando a Richard, ni de aquellos sórdidos vídeos que probablemente no existían, pero cuya mera posibilidad de existencia había bastado para hundir a Richard en la bancarrota.

Y no podía contárselo no solo porque no quisiera herir los sentimientos de Ethan, sino porque al contar la verdad de Richard colocaría a su hermano a un paso más de su propia verdad.

–Richard estaba destrozado cuando regresó. Yo no descubrí la verdad hasta que despidieron a mi padre.

–Pero, ¿por qué no contó tu padre la verdad cuando nos encaramos con él? –preguntó Ethan, perplejo–. ¿Por qué no nos dijo lo que había estado ocurriendo en lugar de cargar con las culpas de Richard?

–Porque, tal y como tú has señalado con tanta delicadeza, encubrir a Richard era en sí mismo un delito. Pero mantuvo la esperanza de que cuando la verdad saliera a la luz Hugh comprendería sus razones.

–Pero la verdad nunca salió a relucir...

Mia se lo que quedó mirando fijamente durante lo que le pareció una eternidad antes de contestar. Apenas movió los labios al hacerlo.

–En lugar de la carta habitual de despido a la que mi padre esperaba hacer frente cuando se descubrieran las deudas, recibió un cheque de lo más generoso acompañado de un pliego de palabrería legal que no comprendió.

Controlando la humillación que sentía, Mia se obligó a sí misma a alzar la vista y mirarlo.

–Pero yo sí lo entendí, Ethan. Especialmente la cláusula sobre las relaciones reales o implícitas. Supongo que ese punto iba dirigido a mí, ¿no es cierto, Ethan?

–Fue un trato muy generoso –aseguró Ethan, cuya seguridad parecía haber desaparecido de su tono de voz–. Tal vez no creas lo que voy a decirte, Mia, pero por mucho que reprobara lo que habías hecho luché por ti. Podríamos haberos dejado sin nada, llamar a la Policía...

–A veces pienso que ojalá lo hubierais hecho –confesó ella con voz pausada–. Por mucho que quisiera a Richard me costó un tiempo perdonarle por lo que le había hecho pasar a mi padre.

Mia cerró los ojos durante un doloroso segundo.

–Pero la verdad nos habría hecho daño a todos –aseguró antes de soltar una carcajada amarga–. ¿Qué fue del hombre que me abrazaba, Ethan? ¿Qué fue del hombre que me decía que creía en mí y que juntos nos enfrentaríamos a todos?

–Creció –respondió él con voz sombría–. En cuanto llegó a su casa y descubrió que la hermosa mujer a la que creía conocer, la mujer a la que había estrechado entre sus brazos y con la que había hecho el amor, la mujer por la que lo hubiera dado todo, todo con tal de estar a su lado, había estado utilizando los mismos encantos y el mismo juego con su hermano. Me habrían importado un bledo las deudas de tu padre, Mia. Habría estado a tu lado en todo momento por mucho que tuviera que perder personalmente.

–Entonces, ¿por qué te marchaste? –le suplicó Mia–. Ahora me estás diciendo que podrías haberte enfrentado a ello, y sin embargo te fuiste. ¿Por qué, Ethan? ¿Por qué?

−Porque hay cosas demasiado horribles que no se pueden perdonar −respondió él, entornando los ojos−. Cuando Richard regresó volví a casa de mis padres, Mia. Estaba preparado para decirles que te amaba, preparado para encajar cualquier cosa que pudieran decir de tu padre y permanecer a tu lado.

Ethan dejó escapar un hondo suspiro antes de continuar.

−Escuché cómo Richard les contaba a mis padres que había muchas posibilidades de que estuvieras embarazada de él.

−¿De Richard? ¿Cómo demonios iba a poder estar embarazada de Richard?

La incredulidad de Mia hizo que Ethan se enfadara todavía más.

−¿Quieres que te dé una clase de biología, Mia? Cielos, sé que solo tenías dieciocho años, pero a juzgar por los recuerdos que conservo del tiempo que pasamos juntos conocías perfectamente la diferencia entre un hombre y una mujer.

−¡Yo nunca me he acostado con Richard!

Aquellas palabras salieron de su boca antes de que pudiera retenerlas en la garganta. Mia aspiró con fuerza el aire como si tratara de tragárselas de nuevo, de retractarse de aquella horrible verdad. Pero Ethan se lanzó sobre ella como un león hambriento lo haría con su presa.

−¡Nunca te has acostado con Richard! −exclamó sin dar lugar a la réplica mientras se acercaba tanto a ella que Mia pudo sentir en el rostro su respiración–. Disculpa si te parezco algo escéptico, Mia, pero necesito que me aclares algo. Hace siete años Richard tenía miedo de que lo hubieras atrapado y salió huyendo porque pensaba que esperabas un hijo suyo. Siete años después me dices no solo que estás embarazada de él, sino que nunca te has acostado con Richard... Así que por favor...

Ethan la sujetó del antebrazo y aunque no hubo violencia en aquel gesto, aunque su contacto era casi delicado, Mia podía sentir su furia, su necesidad de obtener una respuesta.

–Ilumíname. ¿Qué demonios ocurrió entre vosotros dos? ¿Este niño es hijo de Richard o no?

–Lo es –respondió ella transcurridos unos instantes.

–Sabes que pueden hacerse pruebas. En cuanto nazca el bebé será solo cuestión de tiempo el...

–No necesito ninguna prueba para confirmar lo que sé con el corazón –aseguró Mia, dándose una palmada en el pecho mientras lo miraba con ojos desafiantes–. Lo único que puedo decirte es que, dijera lo que dijera Richard aquella noche, escucharas lo que escucharas, no me acosté con él en aquel entonces, Ethan. Lo único que puedo decirte es que tú fuiste mi primer amante, tú fuiste...

Mia se interrumpió. El recuerdo del tiempo que pasaron juntos era demasiado precioso como para mencionarlo en aquella conversación y que resultara mancillado.

—En aquel entonces Richard y yo éramos solo amigos. Ni más ni menos. No podía haber estado embarazada de él porque no nos acostábamos.

Hubo algo en su modo de hablar, en su modo de mirarle, que le hizo ver a Ethan que estaba diciendo la verdad.

—Entonces, ¿por qué...?

—Está claro que tus padres sabían que Richard tenía problemas —lo interrumpió ella con dulzura—. Sabían que algo lo preocupaba y sin duda querían una respuesta.

Ethan asintió con la cabeza.

—Tal vez aquello fue lo único que se le ocurrió. Tal vez al verse acorralado contra la pared no le dio tiempo a inventar otra excusa.

—Mencionó el nombre de tu padre.

Ethan entornó los ojos mientras recordaba la conversación. Se sintió invadido por una espantosa claridad al rememorar el miedo que reflejaba la voz de Richard.

—Estaba intentando contarles el lío en el que se había metido, intentando explicarles...

—Pero no pudo —terminó Mia por él—. No fue capaz de soltarlo, de contarle a tu padre lo que realmente le torturaba, así que le entró el pánico y dijo lo primero que se le pasó por la cabeza, algo que tal vez pensó que tu padre preferiría oír. Que había dejado embarazada a una chica. Y por desgracia para nosotros, me escogió a mí —concluyó.

–Yo le hubiera ayudado, Mia –aseguró Ethan pasándose nerviosamente la mano por el pelo–. ¿Por qué no acudió a mí si necesitaba dinero?

Mia lo miró fijamente. Estuvo a punto de contarle todo, pero se contuvo. Si revelaba la verdad de Richard pondría la suya propia en peligro. Se llevó las manos al vientre en gesto protector mientras trataba de dar por finalizada aquella conversación.

–Hay cosas que es mejor dejar como están, Ethan. Hay cosas que...

–Por favor, Mia –le pidió él mirándola a los ojos.

Pero ella negó con la cabeza.

–No puedo hacerlo, Ethan. Querías saber lo que había dicho el médico y te lo he contado. Necesito reposo y descanso, y sacar el pasado a relucir no ayuda a nadie.

–Tal vez sí.

–¡Y tal vez no! –insistió ella–. Necesito un poco de espacio, Ethan, un poco de tiempo para pensar. Ve a tu reunión, haz lo que tengas que hacer. Yo me voy a dar una ducha en este momento.

Pero aquellas palabras no lo hicieron moverse ni un milímetro.

De acuerdo, pensó Mia. Si Ethan Carvelle no tenía la decencia de marcharse entonces que se quedara. Ella entró en el baño y abrió la ducha con la esperanza de que captara la indirecta y se fuera. Pero estaba claro que Ethan tenía otra idea.

–No voy a marcharme hasta que obtenga algunas respuestas, Mia.

Su voz se escuchaba firme y clara por encima del agua. Vestida únicamente con la camisa, Mia decidió cerrar el grifo.

–Entonces, ¿Richard mintió? –preguntó Ethan acercando sus dos metros de altura a la puerta de la ducha.

Ella asintió con la cabeza.

–Y yo te dejé marchar... –murmuró él con una expresión de arrepentimiento en su rostro solemne.

–No me dejaste marchar –le recordó Mia dolida–. Me echaste, Ethan. Te negaste a contestar mis llamadas de teléfono y a responder a mis cartas. Me dejaste en un limbo emocional durante mucho tiempo, preguntándome qué demonios había hecho mal, qué podría haberme hecho merecedora de semejante trato. Podría haber sido tan bonito, Ethan... Podríamos haber estado juntos, enfrentándonos a aquellos terribles momentos en unión, pero tú me dejaste sola.

–Lo siento.

Lo decía de corazón. Y tal vez aquellas dos palabras no deberían haber sido suficientes para borrar siete años de tortura, pero aquellas palabras encerraban tanto arrepentimiento y tanta sinceridad que Mia supo que eran ciertas.

Tal vez fuera aquella la razón por la que, cuando Ethan alzó la mano tímidamente para posársela sobre el vientre, fue ella la que esta vez la guio, observando su reacción cuando su palma acarició aquel dulce bulto, apreciando la emoción del rostro de Ethan cuando trazó con delicadeza la línea bajo la que se escondía una nueva vida.

–Tienes una reunión –le recordó Mia con dulzura.

–*Tenía* una reunión –corrigió él–. No puedo irme así...

Mia alzó las manos y jugueteó con el cuello de su chaqueta, cerrando los ojos en éxtasis cuando Ethan acercó el rostro al suyo. Los sueños que la habían sostenido durante aquel tiempo no se acercaban ni por asomo a la sensación de notar por fin sus labios posándose sobre los suyos. Mientras se besaban, Ethan la atrajo hacia sí agarrándola por la parte baja de la espalda. Los senos mullidos de Mia se apretaron contra su pecho, y sintió toda la fiereza de su erección contra el muslo mientras se apretaba todo lo que podía a él.

Una cascada de dulces, dulcísimos recuerdos que se entremezclaban con nuevas sensaciones que estaba experimentando en aquel momento. El exquisito sabor de su boca la llevó a explorar el terciopelo de los labios de Ethan, a disfrutar de las oleadas de placer que le atravesaban el cuerpo, de la excitación que Ethan Carvelle le provocaba con tanta facilidad. El fiero deseo que llevaba tanto tiempo esperando se desató sin cortapisas, liberado, moviéndose por instinto. Mia recordó, recordó la intensidad de sus caricias, cómo el contacto de su piel sobre la suya era capaz de mandarla al cielo, el sonido de aquellas notas de bajo siempre presentes, marcando el ritmo, empujándola hacia delante, intensificando la sensación mientras la boca ansiosa de Ethan devoraba la suya.

Fue él quien se apartó.

Fue Ethan quien se separó y sacudió la cabeza en un gesto casi de repulsión, como si se hubiera despertado de una terrible pesadilla, como si le costara trabajo comprender lo que acababa de suceder. Mia sintió el estremecimiento de sus músculos cuando la apartó con las manos, pero le siguió suplicando con la mirada.

–Tú... Me vuelves loco –murmuró desconcertado–. Haces que parezca fácil tirarlo todo por la borda.

–¿Tirar el qué? –preguntó ella sin entender nada.

Ya fuera amor o deseo, había algo entre ellos, algo que los llevaba una y otra vez al borde del abismo. Y sin embargo allí estaba Ethan rechazándola, arrojándola al abismo de una vida sin él.

–Todo –aseguró él sacudiendo la cabeza con rabia–. La moral, el deber, la lealtad. Mia, tu me avergüenzas una y otra vez.

–¿Cómo?

–¡Al hacerme desearte!

Y ella lo supo, supo por el modo en que apartaba las manos de ella, por el modo en que daba un paso atrás, que todo había terminado. Pero no estaba dispuesta a aceptar la derrota.

–Yo también te deseo, Ethan –aseguró, buscándolo con manos temblorosas–. Desde hace siete años. Llevo siete años deseándote. Siete años. Y sé que tú también me deseas –susurró–. Seguro que podemos encontrar el modo de que funcione.

Ethan podía sentir al bebé entre ellos, de modos más profundos que el meramente físico. El hijo de su hermano los unía por una parte y por otra los apartaba.

El hijo de su hermano.

Una sucesión de imágenes que Ethan no quería ver se abrieron paso en su mente: él la había arrojado prácticamente a los brazos de Richard con su cruel rechazo, con su negativa a escuchar su versión de los hechos. Una lección dolorosa que había aprendido bien, pero ya era demasiado tarde para los remordimientos y para todo lo demás. El hijo de su hermano estaba creciendo dentro de la mujer que él amaba. Su hermano la había abrazado, la había adorado, había hecho el amor con ella. Y se mirara como se mirara Richard había sido incinerado hacía menos de veinticuatro horas.

–Es demasiado tarde para nosotros, Mia.

–Tal vez no –susurró ella–. Ethan...

–Es demasiado tarde –insistió–. Este es el hijo de Richard y sé que... que nunca podría olvidarme de ese hecho –aseguró, cerrando los ojos con gesto de dolor.

–¿Lo que te perturba es que sea hijo de Richard o el que él y yo...?

Mia se interrumpió. Sabía que estaba llevando la conversación hacia un terreno peligroso y decidió y contenerse. La promesa que le había hecho a Richard resonó en su cabeza y entró en conflicto con su deseo de seguir los dictados de su corazón, de decirle la verdad que tal vez Ethan necesitara escuchar.

–¿Acaso importa? –preguntó, mirándola un instante con gesto abatido–. No puedo hacerlo, Mia.

Dicho aquello salió del cuarto de baño. Mia se dio la vuelta y solo se acordó de respirar cuando escuchó cerrarse la puerta de la habitación y supo que estaba sola. Se quedó allí de pie, sabiendo que no se había terminado, sabiendo que enseguida volvería a enfrentarse a él.

Y se preguntó cómo podría hacerlo.

Lo que Mia no sabía era cómo se las iba a arreglar para mirarlo a los ojos y no desvelarle el secreto que solo ella conocía.

Capítulo 5

UN ETHAN completamente diferente la recibió más tarde en el patio. Hasta el momento Mia solo lo había visto vestido con traje de chaqueta o sin nada encima, pero con aquellos pantalones vaqueros y el jersey negro, con el cabello rozándole la frente mientras se secaba al sol de la mañana, Ethan Carvelle le pareció mucho más accesible que el día anterior.

Y no era debido solo a su atuendo informal.

La furia había desaparecido de aquellos ojos cuando le dieron la bienvenida. Mia se sentó tímidamente. Iba vestida con unos calzoncillos largos de Ethan y una camisa enorme que él le había dejado intencionadamente en la cama.

–Gracias por esto –dijo ella, señalando la camisa–. Creo que he engordado desde ayer. No me apetecía nada intentar embutirme en el vestido negro.

Se hizo un silencio largo, pero en esta ocasión no resultó incómodo. Se trató solo de una pausa callada mientras Ethan llenaba dos vasos de zumo de frutas y le colocaba delante un plato de pastas y bollería.

–No, gracias... –comenzó a decir Mia.

Pero luego recordó lo que le había dicho el médico. Así que escogió un cruasán relleno de chocolate con aspecto de estar recién hecho.

–¿Está bueno? –le preguntó Ethan.

–Muy bueno. Tienes que decirme dónde los has comprado para poder llevarme un cargamento a casa. Creo que después de todo no me va a resultar tan difícil engordar.

Ethan entornó los ojos un instante, pero no se puso de pie. Se limitó a dar un largo sorbo a su vaso antes de decir nada.

–¿Podemos hablar, Mia? Quiero decir, ¿podemos tratar de tener una conversación sin discutir?

–Lo dudo –bromeó ella, soltando una breve carcajada–. Pero podemos intentarlo.

–Ahora entiendo lo que ocurrió –aseguró Ethan, exhalando un largo suspiro–. Me parece que aún puedo escucharlo dentro de mi cabeza. La noche que Richard regresó mi padre estaba furioso. Colérico, diría yo. Estaba decidido a llegar al fondo del asunto, y cualquier persona que hubiera visto a mi padre de ese modo sabría que Richard no tenía ninguna posibilidad contra él y entendería que decidiera mentir.

–¿Las cosas con tus padres siempre fueron así? –preguntó Mia–. Siempre que quería indagar sobre la infancia de Richard él cambiaba de tema.

–Con razón –aseguró Ethan, mirándola fijamente a los ojos con expresión sombría–. Mia, si Richard viviera, ¿seguirías pensando en criar a tu hijo sola?

Ella asintió levemente con la cabeza.

—Decidimos que Richard estaría implicado, que jugaría un papel importante en la vida de nuestro hijo, pero yo sería la única progenitora.

—¿La única progenitora? —repitió él con un cierto tono de burla que Mia trató al instante de parar.

—Pensé que íbamos a intentar tener una conversación civilizada, Ethan. Y si la única manera de conseguirlo es diciéndote lo que quieres oír, será mejor que la demos ahora mismo por finalizada.

—Lo siento —se disculpó Ethan, alzando una mano—. De verdad. Lo cierto es que no tengo ningún derecho a juzgarte, Mia. Por alguna extraña razón siempre he tenido la absurda idea de que dos padres son mejor que uno.

Mia se puso de pie para marcharse. Ethan no tenía por qué estar de acuerdo con ella, pero no tenía por qué soportar sus comentarios mordaces. Pero él la agarró de la mano, le pidió con los ojos que se volviera a sentar y, tras un instante de vacilación, Mia obedeció.

—Si me dejas terminar, te diré que iba a decir que, teniendo en cuenta mi infancia, me parece una idea absurda. Serás una madre maravillosa, Mia.

Ethan observó cómo se le teñían las mejillas de color antes de seguir hablando.

—Cambiaría sin dudarlo la infancia de tu hijo solo con su madre que la mía con los dos —aseguró, exhalando un suspiro—. No me sorprende en absoluto que Richard cambiara de tema cuando se hablaba de su niñez. Mis padres son las personas más frías que te puedas echar a la cara, y créeme que no exagero si te digo que me sorprende que haya hecho el amor una vez, y no digamos ya dos.

–No es necesario hacer el amor solo para quedarse embarazada –dijo ella con un amago de sonrisa.

Pero enseguida se puso seria al observar el dolor que reflejaban los ojos de Ethan.

–Ni un beso, ni una caricia –continuó diciendo sin asomo de autocompasión–. Tuvimos muchas niñeras, pero en cuanto conocíamos sus nombres, en cuanto ellas averiguaban cómo nos gustaba tomar los huevos por la mañana, nuestros padres daban por hecho que nos estábamos «implicando demasiado emocionalmente» con ellas y las sustituían. Fue un alivio ingresar por fin en el internado.

–¿Y para qué tuvieron hijos si no los querían alrededor? –preguntó Mia.

–No querían hijos –aseguró Ethan sin esforzarse en ocultar el desprecio que escondían sus palabras–. Querían herederos. Eso es lo único que éramos, y cuando quedó claro que Richard no iba a entrar por el aro, cuando quedó claro que no iba a regresar para asumir lo que nuestros padres creían que era su papel obligado en el negocio hotelero, le dieron la espalda con total sangre fría. Me temo que mis padres son ese tipo de personas.

–Y sin embargo, trabajas con ellos –señaló Mia–. Decidiste quedarte.

Él se limitó a encogerse ligeramente de hombros, un gesto que provocó el enfado de Mia porque era como si hubiera levantado de nuevo las barreras.

–Habla conmigo, Ethan. Fuiste tú quien insistió en hablar. No puedes pretender que yo me abra si tú no haces lo mismo. Dime, ¿por qué te quedaste? ¿Por qué sigues trabajando con ellos si son tan horribles?

–Se lo hicieron pasar tan mal a Richard que...

–¿Por eso te quedaste? –lo interrumpió Mia, alzando los ojos con gesto asombrado–. ¿Para que no te dieran también a ti la espalda?

–No –respondió Ethan, negando categóricamente con la cabeza antes de apurar su zumo de un trago–. Créeme, Mia, me hubiera encantado irme, lavarme las manos y quitármelos de encima. Pero me quedé trabajando con ellos para que dejaran marchar a Richard.

–Por favor... –dijo ella, soltando una risa nerviosa.

Pero se le cortó a la mitad. Hubo algo en aquella afirmación que le hizo vislumbrar al hombre real que había detrás de aquella versión austera y controlada que estaba siempre actuando. Tuvo la impresión de que Ethan estaba a punto de revelarle una verdad importante.

–Si me hubiera marchado de allí habría terminado todo. Yo habría sobrevivido –aseguró con su arrogancia habitual–. Qué demonios, me habría ido de cine. Pero a Richard no. Habría sido como arrojar a un hermoso gato persa a las fieras. No habría durado ni cinco minutos ahí fuera. Cuando mis padres se mudaron a Sydney estaban totalmente dispuestos a apartarlo para siempre de sus vidas.

–Y tú se lo impediste...

Ethan asintió con la cabeza.

–Me aseguré de que Richard obtuviera de ellos al menos la posibilidad de ir a la escuela de arte y luchar por sus sueños, algo que puede no parecer gran cosa, pero al fin y al cabo él es... Era un Carvelle –aseguró Ethan, tragando saliva–. Si no hubiera sido por mí habría acabado viviendo en el suelo de tu nidito de amor.

Si Mia no hubiera adivinado la rabia que escondía su voz le habría dado la respuesta que se merecía. Pero en lugar de hacerlo se quedó callada, temerosa incluso de moverse, de romper aquel encantamiento. Y de alguna manera tenía algo de mágico el hecho de ver a aquel hombre introvertido y distante abriéndose un poco.

–Mia, tú fuiste testigo de cómo trataron a tu padre, y por muy mal que te pareciera en aquel momento, créeme, si yo no hubiera estado allí habría sido mil veces peor.

–¿En qué sentido?

–En todos los sentidos. Luché con uñas y dientes para que tu padre consiguiera una indemnización decente. Y te diré más: no creas que no hubieran llamado a la policía para que detuvieran a su propio hijo si hubieran sabido la verdad. El dinero es su dios, Mia. Los seres humanos no significan nada para ellos, ni siquiera sus propios hijos. Yo soy bueno en lo que hago, tan bueno que por el momento me necesitan. Además, también tengo cierta influencia sobre ellos. Soy la única persona que puede pararles los pies cuando van demasiado lejos.

–¿Talento y conciencia social? –preguntó Mia tergiversando deliberadamente sus palabras–. ¿Han sido esas las únicas razones por las que te quedaste?

–Qué demonios, no –respondió Ethan, insinuando una sonrisa–. También estoy ganando muchísimo dinero.

La sonrisa de Mia fue muy bien recibida. Un instante de solaz para darle un giro a la conversación.

–¿Me contarás ahora lo que te dijo el médico?

–Ya te lo he contado casi todo –aseguró ella encogiéndose de hombros–. Tengo la tensión un poco alta, por lo que necesito estar más controlada.

–Sabes que no puedes volver ahora a tu casa, Mia –dijo Ethan con dulzura pero con firmeza–. No puedes estar sola.

–Pero tampoco puedo quedarme aquí –confesó ella conteniendo la ansiedad–. No puedo, Ethan.

–¿Por lo que ocurrió entre nosotros?

Mia asintió con la cabeza. No hacía falta decir nada más.

–¿Ayudaría si te dijera que no volverá a pasar nada entre nosotros? ¿Ayudaría que te dijera que, sienta lo que sienta por ti, me he dado cuenta esta mañana de que han ocurrido demasiadas cosas, que arrastramos demasiado pasado como para poder mirar hacia el futuro?

–¿Es eso lo que sientes de verdad?

–Es el hijo de Richard. No puedo fingir que...

La voz le falló. Se quedó sin palabras mientras miraba fijamente aquellas piscinas aguamarina, mientras observaba cómo el sol se fundía en su cabello dorado. Ethan tuvo que apretar los puños para reprimir los deseos de tocarla.

–No pasa nada –susurró Mia con los labios apretados–. Puedo arreglármelas sola.

–No tienes por qué estar sola –aseguró él–. El hecho de que lo nuestro no vaya a funcionar no significa que no pueda apoyaros a ti y al bebé.

–Nos las arreglaremos –insistió ella sin poder disimular el temblor en la voz.

–Quédate –trató de convencerla Ethan–. Aunque sea por el bien del bebé. Me mantendré apartado de tu camino todo lo que pueda, te dejaré intimidad. El episodio de esta mañana no volverá a repetirse.

–Necesito trabajar –protestó Mia–. Tengo un contrato, Ethan. Me espera un cuadro que todavía no he empezado y que ya tendría que tener casi acabado. Si no lo termino antes de que nazca el niño solo Dios sabe cuándo lo haré.

Mia tragó saliva, consciente de la futilidad de

sus propias palabras. Aunque Garth había sido muy delicado al hablarle, le había asustado con lo de la tensión. Ethan tenía razón. Estar sola en las montañas era la peor opción que podía tomar una mujer en sus condiciones. Ni tampoco podría concentrarse en su arte sabiendo que su hijo podría llegar a estar en peligro.

–Déjame ayudarte –insistió Ethan–. Mira, sé que Richard no mencionó al niño en su testamento, pero estoy seguro de que si hubiera tenido tiempo lo habría arreglado todo. No conozco todos los detalles, pero su casa ya está en proceso de venta y tenía un seguro de vida. Estoy seguro de que...

–No necesito el dinero de Richard –aseguró ella, mirándolo a los ojos–. No se trata de dinero, Ethan. Aunque te cueste trabajo entenderlo, ese no fue nunca mi objetivo.

–Te creo, Mia, pero hay que ser realistas y...

–Lo estoy siendo, Ethan. Mi negocio está yendo bien. Soy más que capaz de mantenerme a mí misma. Estoy pagando la hipoteca de mi casa con el dinero que reporta la galería. Estoy mejor que bien.

–Quédate –volvió a decir él.

Pero esta vez no se trataba de un ruego.

–Esta tarde te llevaré a tu casa para que recojas tus cosas. Y puedes trabajar aquí –aseguró señalando el patio–. Está cubierto y en caso de lluvia se pueden cerrar las puertas.

–¿Te haces una idea del daño que mis pinturas

y mis cinceles provocarán en tus azulejos importados?

–Supongo que estoy a punto de descubrirlo –aseguró Ethan con una media sonrisa–. Mia, no se trata de ti ni de mí, sino de lo que sea mejor para el bebé. Lo de esta mañana no volverá a repetirse. Nunca podrá haber un *nosotros*. Es así de sencillo.

Así era, o así debía ser. Pero los ojos de Mia se llenaron de lágrimas ante la rotundidad de aquella afirmación. Sintió un escalofrío de tristeza por lo que había perdido. Ethan tenía razón: era así de sencillo, de triste y de horrible.

Su tiempo había terminado.

Sintió moverse al bebé y se llevó instintivamente las manos al vientre para acunar al niño que llevaba dentro, una vida tan corta que en aquel momento significaba más que la suya propia. Una personita que se merecía lo mejor que ella pudiera darle.

Por mucho coste personal que aquello supusiera.

Y le costaría mucho. Podría soportar ver a Ethan todos los días, pasar el día con él sabiendo que nunca sería suyo. Pero despedirse de él cada noche y dirigirse a habitaciones separadas, dormir a escasos metros del único hombre al que había amado sería sin duda lo más duro de todo.

–Quédate por el bebé –repitió Ethan.

Mia se sintió incapaz de mirarlo, pero asintió con la cabeza.

–Haz una lista de lo que necesitas e intentaré traerlo todo esta tarde –afirmó él con cierto entusiasmo–. Tendré que alquilar un camión para traer todo tu material artístico. En cualquier caso, el objetivo principal de esta operación es mantenerte cerca de la ayuda médica.

–Iré a escribir la lista, pero será muy larga –le advirtió Mia–. Si voy a tener que trabajar aquí no puedes dejarte nada.

–Sé leer –respondió él con suficiencia, pareciéndose de nuevo al Ethan de antes–. Y si hay algo que no encuentro puedo llamarte. Porque tienes teléfono, ¿no?

–No –respondió Mia con sarcasmo–. Pero siempre puedes hacer una hoguera en el jardín y enviarme señales de humo. Yo las veré desde el solarium.

Dicho aquello se puso de pie y se dirigió a la casa. De pronto sentía la necesidad de salir de allí, de tumbarse en la cama hecha un ovillo y lamerse las heridas, de llorar la pérdida de lo que nunca llegó a ser. Pero antes de hacerlo, antes de seguir adelante con su vida, había una última cosa que necesitaba saber.

–¿Podrías responderme a una cosa, Ethan?

Cuando Mia se dio la vuelta esperaba verlo de frente, pero Ethan estaba de espaldas a ella, apretando con una mano la barandilla y con la otra el vaso de zumo, mientras observaba el océano infinito. Sus hombros parecían cargar con todo el peso del mundo. Mia deseó que se diera la vuelta, que se encarara, pero tuvo que conformarse con la visión de su nuca porque Ethan no se movió.

–Si Richard no hubiera mentido, si no hubiera dicho lo que dijo, ¿crees que...? No importa –dijo finalmente.

Mia abrió la puerta y metió un pie en la casa, pero se detuvo cuando Ethan la llamó. Entonces las ramificaciones de su dolor alcanzaron su punto más elevado cuando él respondió a la pregunta que no llegó a formularle.

–Lo habríamos conseguido, Mia.

Ethan se dio la vuelta para mirarla y ella se quedó allí quieta durante lo que le pareció una eternidad. No sabía exactamente qué respuesta esperaba, pero la que obtuvo lo dejó sin respiración. Alzando la barbilla en gesto desafiante, con los pendientes brillando bajo la luz del sol, sacudió lentamente la cabeza.

–Entonces peor para ti, Ethan.

Capítulo 6

«ENTONCES peor para ti, Ethan».
Aquellas palabras resonaron en su cabeza como un disco rayado que escuchó una y otra vez mientras avanzaba por aquella carretera larga y ventosa. El ensordecedor ruido del motor de la furgoneta que había alquilado debería haber bastado para apartar de él aquellos pensamientos, pero nada podía silenciar aquella letanía, nada podía borrar la piedad que reflejaban las palabras de Mia cuando Ethan se repetía la conversación.

Una señal pintada a mano le hizo pisar el freno en seco. Entonces, lamentándose de su falta de atención, metió la marcha atrás y giró por un camino de tierra.

La casa de Mia.

–Claro, la casa de Mia –murmuró entre dientes, maldiciéndola por su absurda naturaleza confiada.

Estuvo tentado de bajarse y arrancar con sus propias manos aquel trozo de madera, de arrojarlo al suelo y hacerlo astillas.

«¿Y por qué no poner también: *Aquí vive una mujer sola?*», se preguntó echando el freno de mano para bajarse, agarrar la señal de madera y dejarla en el asiento del copiloto antes de conducir la furgoneta a la entrada de la casa.

Una casa, por cierto, muy bonita.

Era una construcción típica de Queensland que se erguía orgullosa en las montañas, y estaba a años luz de la choza sombría a la que él había relegado mentalmente a Mia. No había a la vista ningún artista atormentado, ni siquiera un gato. Ethan subió los escalones, metió la llave en la puerta y la giró suavemente.

Aunque sabía que estaba allí con su consentimiento, se sintió como si estuviera invadiendo su intimidad cuando recorrió con la mirada aquel espacio tan femenino.

Clavó los ojos en una fotografía que había de su hermano y aquella imagen se le coló en la retina. Los ojos azul claro de Richard lo miraban fijamente. Rodeaba con un brazo a Mia en gesto cariñoso y los rostros de ambos aparecían sonrientes aunque no había ningún indicio de amor.

Ethan metió la mano en el bolsillo, sacó su cartera y se quedó mirando una foto borrosa que había llevado consigo durante siete años. Era la foto que se habían hecho en el restaurante la noche en que se conocieron y que Ethan había ido a recoger antes de irse a Sydney.

Después de que su mundo se hubiera derrumbado.

—Mia —murmuró en voz alta, mirando fijamente la imagen.

Y la sintió tan cerca que incluso esperó una

respuesta. Esperó verla salir del dormitorio con una de sus sonrisas dibujada en los labios, con aquellos ojos de gatito mirándolo sorprendidos al escuchar su voz. Ethan sacudió la cabeza con vehemencia, volvió a guardarse la cartera en el bolsillo y, dejando a un lado aquellos pensamientos, sacó la larga lista que Mia le había dado y se puso manos a la obra.

Había treguas.

Los días se fueron convirtiendo en semanas, y la agonía de estar tan cerca de él, tan próxima, sabiendo que estaba fuera de su alcance no era por suerte constante.

Los interludios ocasionales a aquella tortura que ella misma se había impuesto hacían el dolor más soportable. Algunas carcajadas dibujaban de vez en cuando el ambiente mientras las horas se iban transformando en días y los días en semanas. De vez en cuando, Mia se tumbaba al lado de la piscina para sentir la brisa cálida en su cada vez más abultado vientre mientras Ethan tecleaba en su ordenador al otro lado de la piscina. En aquellos instantes se sentía casi en paz con el mundo. Capaz de concentrarse solo en el bebé o, en ocasiones, quedarse en blanco y dejar de lado, aunque nunca olvidar, los sinsabores de su amor no correspondido.

—Aquí.

Mia abrió los ojos, incapaz de enfocar de inmediato, y Ethan esperó pacientemente a que se pusiera las gafas de sol, se sentara en la hamaca y tratara de disimular que había vuelto a dormirse. Él le pasó un vaso con alguna bebida helada y se quedó viendo cómo le daba un sorbo y luego, como tentando el terreno, tomó asiento en una esquina de la tumbona.

–Pensé que estaría bien que bebieras algo y que te pusieras un poco de protección solar. No es bueno dormirse al sol.

–No estaba dormida. ¡No lo estaba! –insistió al observar su gesto de desconfianza–. De hecho estaba pensando en el trabajo que voy a hacer esta tarde.

–¿De verdad?

–Pues sí.

Mia era plenamente consciente para su malestar de que desde que Ethan regresó de las montañas con todo su equipo apenas había agarrado los pinceles.

–El arte no es algo que simplemente ocurre, Ethan. Por muy caótico que mi trabajo pueda parecer a tus ojos, lo cierto es que necesita mucha planificación. Así que ya ves, no estaba dormida, estaba... desarrollando una idea –dijo tras vacilar un instante.

–Y dime una cosa, Mia –comenzó a decir Ethan con gesto de estar muy impresionado–. ¿Siempre roncas cuando estás desarrollando una idea?

Ella podría haberse sonrojado, haberle gritado, haberse muerto de la vergüenza. Pero en lugar de eso se rio, se rio con tantas ganas que Ethan se vio obligado a reírse también.

–Voy a dar un paseo –dijo entonces Mia poniéndose en pie y calzándose las sandalias antes de dirigirse hacia la casa.

–¿Con este calor? –preguntó Ethan, colocándose al instante detrás de ella–. Pero si es casi la hora de comer... Además, el tiempo no es el más adecuado para caminar.

–Entonces iré a un lugar fresco –aseguró ella, encogiéndose de hombros con irritación–. Tal vez me lleve algo de picnic. Por aquí cerca hay un bosque muy bonito.

Mia asintió con la cabeza para animarse, satisfecha de haber tomado aquella decisión que le permitiría pasar unas horas alejada de Ethan. Podría perderse en el bosque durante un rato, escapar del sofocante calor que él creaba con su mera presencia.

–Suena bien –murmuró Ethan con expresión pensativa–. Llamaré a un catering para que nos prepare una cesta. Podemos recogerla de camino.

–¿Podemos?

–Por supuesto –aseguró él mirándola con aquella expresión de asombro que utilizaba en ocasiones–. Supongo que no pensarías vagar por ahí tú sola en tu estado, ¿verdad?

–Las mujeres embarazadas pasean, Ethan. No soy una inútil total.

–Nunca he dicho que lo fueras –respondió él dedicándole una sonrisa levemente paternalista–.

Pero las mujeres en avanzado estado de gestación no deambulan solas por el bosque. Al menos las de por aquí. Porque saben que no hay posibilidad de cobertura telefónica, y saben que aunque el lugar parezca hermoso hay que subir cuesta arriba un buen trecho. Y a menos que te apetezca dar una vuelta en helicóptero por cortesía de los servicios de rescate de la zona te sugiero que vayas a ponerte un calzado adecuado.

Ethan sacó su teléfono móvil y esbozó una sonrisa triunfal mientras Mia seguía de pie con la boca abierta.

–¿Te apetece pollo con mango?

–¿Cómo?

–Para la ensalada.

Ethan no esperó respuesta. Se limitó a dar órdenes por el teléfono mientras ella entraba en casa y se metía en el dormitorio para cambiarse. Regresó unos instantes más tarde rebosante de indignación. Él estaba golpeando el suelo con el pie con gesto impaciente.

–Vamos, Mia. Pensé que a estas alturas al menos estarías vestida.

–Y lo estoy –aseguró ella con una sonrisa triunfal.

Mia lo vio tragar saliva, observó cómo intentaba no parecer impactado, vio cómo su boca desaparecía al observar su vientre apenas cubierto por un fino top de organza color lila. Sus muslos, firmes y delgados, quedaban al descubierto bajo unos pantalones vaqueros increíblemente cortos.

–Claro que si hubieras metido mis pantalones elásticos azul marino a juego con su camisola estaría más adecuadamente vestida.

–Eso no estaba en la lista –protestó Ethan, tratando de ignorar su sarcasmo y siguiéndola por la puerta–. Estoy seguro de que no lo pusiste.

De pronto desapareció.

El viaje de media hora, la parada en el catering y el coche de lujo en el que viajaban no habían servido para mejorar su humor ni para disminuir la tensión que Ethan creaba con su mera presencia. Pero unos cuantos pasos en la humedad de aquel bosque virgen bastaron para que Mia sintiera cómo desaparecía de ella la ansiedad. Aspiró con fuerza el aire límpido, el dulce aroma a verde. Escuchó el sonido lejano de una cascada y sintió cómo toda ella se relajaba tal vez por vez primera desde que vio a Ethan en la iglesia. El fuerte sol australiano era un recuerdo lejano en aquel oasis divino. Aunque se trataba de un bosque relativamente pequeño, sentía como si estuvieran en el mismísimo Amazonas, tal era la inmensidad de los árboles, el ruido que hacían los insectos y el canto de los pájaros.

–Me encanta este sitio.

Mia echó la cabeza hacia atrás y se quedó mirando hacia arriba, hacia las gigantescas copas de los árboles. Su mirada siguió subiendo hasta alcanzar el sol y disfrutó de su propia insignicancia en medio de aquella bella y majestuosa obra de arte.

–Este tiene al menos cien años –aseguró Ethan, deteniéndose delante de un árbol de gruesas raíces antes de girarse y sonreír ante la expresión asombrada de Mia–. Vine aquí con el colegio. Hicimos un proyecto sobre el ecosistema del bosque. Yo hice un modelo a escala reducida y recuerdo que saqué una nota altísima. Aunque eso no impresionó mucho a mis padres. ¿Qué utilidad tiene la naturaleza?, me preguntaron.

–¿Eso te dijeron?

–Algo parecido –dijo Ethan con expresión algo dolida.

–Así que fuiste al colegio... –murmuró Mia tratando de cambiar de tema.

Por primera vez lo vio sonreír de verdad. No fue una sonrisa maliciosa, ni sarcástica, sino una sonrisa genuina. Ethan se acercó a ella.

–Es que no te imagino sentado en la mesa del comedor creando tu proyecto con trozos de plastilina y cartón.

–No fue así –señaló él–. Lo hice en el aula de arte del colegio.

Mia se dio un cabezazo mentalmente por su insensibilidad.

–Lo siento –dijo rozándole el brazo cuando Ethan comenzó a caminar–. Ha sido una falta de atención por mi parte. Olvidé que estabas en un internado.

–No te disculpes –le pidió él girándose y sonriendo a medias–. Y por favor, no pierdas el tiempo compadeciéndote de mí.

Ethan caminaba ahora más deprisa. Aquella era la única señal que indicaba que no estaba a gusto con el tema que había salido, y parecía como si hubiera olvidado por primera vez desde que llegaron al bosque que Mia estaba embarazada. Ella trató de seguir su paso.

–Créeme, Mia, yo no era uno de esos niños que se agarraban a la falda de su madre a principios de curso y lloraban a moco tendido. Perdona, recuérdame que voy demasiado deprisa.

Ethan se detuvo un instante para que ella recuperara el aliento antes de retomar la conversación donde la había dejado.

–En realidad era justo al revés. No veía el momento de que llegara el primer día de clase. Era uno de los pocos niños que de hecho odiaba las vacaciones.

Ethan pronunció aquellas palabras con un tono de voz neutro, con aquella supuesta frialdad que Mia conocía tan bien. Pero la imagen de soledad que ella se representó en la cabeza provocó que se le llenaran los ojos de lágrimas, aunque se las tragó rápidamente. Sabía que su compasión no sería bien recibida.

–Me gustó mucho hacer aquel proyecto –aseguró en una voz tan baja que Mia tuvo que esforzarse por escucharlo–. En Queensland ahora todo gira en torno a la naturaleza. No se puede ni estornudar sin pensar qué efectos provocará eso en el medio ambiente, así que de construir un complejo hotelero ni hablamos. Al final resultó que aquel proyecto fue muy útil.

–Nunca pensé que fueras amigo de la naturaleza –aseguró Mia, soltando una risita nerviosa–. De hecho no pareces particularmente amigable.

–Ah, pues puedo serlo dadas las circunstancias –contestó Ethan, girándose hacia ella y apartándole un mechón de cabello de la cara.

De pronto pareció ser consciente de la intimidad que estaba propiciando. Entonces dejó caer la mano y miró a su alrededor, dejando a Mia confusa y mareada. Aquel simple contacto, aquel atisbo de cercanía había vuelto a guiarla hacia aguas peligrosas, había despertado en ella recuerdos que debían enterrar definitivamente.

–Pasamos el día aquí. Recuerdo que cruzamos un puente –murmuró Ethan, entornando los ojos y señalando con el dedo–. Creo que estaba por allí.

–Así es –le confirmó ella, echando a andar con decisión–. ¿Hace cuánto tiempo estuviste aquí?

–Veinte años.

Mia detuvo sus pasos bruscamente aunque él siguió andando.

–¿No has vuelto nunca?

–Nunca –confesó Ethan, encogiéndose levemente de hombros–. Y es una lástima, teniendo en cuenta que es mío. Ten cuidado al pisar ahí –le advirtió.

–¿Es tuyo? –preguntó Mia, sacudiendo la cabeza con desconfianza–. ¿Cómo vas a ser el dueño de un bosque?

–Ya te enseñaré las escrituras –respondió él con naturalidad–. Al parecer has estado invadiendo mi propiedad todos estos años, Mia. Esta tierra me pertenece desde aquí mismo hasta las blancas playas del Mar de Coral. Al menos eso es lo que dicen los papeles que el agente del estado me envió. Lo compré por un precio irrisorio hace algunos años con la idea de construir un complejo hotelero.

–No me lo creo –se escandalizó Mia–. Lo destrozarías.

–Seguramente –admitió él–. Aunque si se hace como Dios manda...

Ethan se detuvo un instante y ella lo imitó para llenarse de la belleza, del milagro que había creado la madre naturaleza.

–Por supuesto, tú no eres partidaria de que se construya aquí un hotel.

–Espero que no se haga –aseguró Mia con vehemencia–. Es una idea espantosa, Ethan, ¿Cómo puedes pensar en destrozar la belleza de este lugar?

–No estoy pensando en eso –respondió él molesto–. No hace falta ser un hippy come lentejas para apreciar las cosas bellas, ¿sabes?

–Yo odio las lentejas –lo interrumpió Mia.

–Sabes perfectamente a lo que me refiero –dijo Ethan sin poder evitar soltar una carcajada–. El hecho de que no vaya por ahí haciendo el signo de la paz y negándome a usar desodorante no significa que no sea un radical en lo que al medio ambiente se refiere. Solo pienso que estaría bien compartir...

–Basura –le espetó ella–. Solo lo ves como un medio fácil de ganar cantidades ingentes de dinero. Seguro que tu idea sería construir unas cuantas casas en los árboles, amueblarlas de mala manera y cobrar una fortuna por el privilegio.

–Y yo que pensaba que el sarcástico era yo –dijo Ethan, encogiéndose de hombros–. Piensa lo que quieras, Mia. Pero lo cierto es que yo ya tengo una fortuna. No necesito construir otro hotel, y menos en este lugar. Pero tuve... tuve una visión.

–¿De veras? –preguntó Mia parpadeando con curiosidad–. ¿Y en qué consistía?

Ethan se quedó callado largo rato y ella pensó que no iba a responderle o que de hacerlo su contestación sería ácida. Pero Ethan miró a su alrededor y cuando por fin habló su voz sonó lenta y mesurada, como si tuviera calculada cada palabra.

–El complejo estaría cerca de la playa. Sería solo una planta de espaldas al bosque. Pero cuando digo complejo me refiero más bien a un refugio, un lugar en el que de verdad uno pueda olvidarse de todo. Nada de cruceros desembarcando cerca y excursiones en helicóptero. Ya hay demasiado de eso. Este sería un lugar para evadirse, un lugar para pasear...

–Suena maravilloso –aseguró Mia exhalando un suspiro y cerrando los ojos para imaginárselo ella también–. ¿Y por qué no lo haces?

–Porque por mucho que lo intente no me salen las cuentas –confesó Ethan, soltando una breve carcajada.

–¿Dinero? –preguntó Mia con una sonrisa.

Y él asintió.

–Y tiempo. Haría falta dedicación exclusiva para hacerlo bien. Tal vez algún día.

Mia tuvo la impresión de que estaba hablando para sí mismo más que con ella.

–Tal vez debería intentarlo. Ahora que Richard...

Sus palabras murieron allí, pero Mia se le adelantó, decidida a seguir su proceso mental por él.

–Ahora que Richard ya no está no tienes necesidad de seguir en el negocio familiar. Ya no tienes que mirar por él más, Ethan. Permitiste que tu hermano siguiera su propio camino. Tal vez sea hora de que tú persigas tus propios sueños.

Estaban atravesando un pequeño puente suspendido. Ethan llevaba en la mano la cesta que les había preparado y aun así se las arreglaba para sujetarla ligeramente del codo mientras atravesaba los frágiles peldaños. Mia había recorrido aquel puente cientos de veces, tal vez miles, pero se dio cuenta de que Ethan había hecho bien en ir. Aquel no era verdaderamente el sitio más adecuado para que una mujer embarazada anduviera sola.

–¿Qué te parece este sitio?

Ethan se tomó su gesto distraído de asentimiento como un sí y colocó una manta en el suelo. Mia se sentó agradecida y se tomó unos segundos para recuperar el aliento.

–Toma –dijo él pasándole una botella de agua con gas.

Mia dio un largo sorbo, agradeciendo en silencio que la hubiera esperado, y observó cómo Ethan abría unos envases y le servía una serie de delicias.

–Deberías pintar esto –le sugirió pasándole el plato antes de indicar con un gesto el maravilloso escenario.

–Ya lo he hecho –aseguró ella, suspirando–. Vine aquí hace unos meses. De hecho este fue el primero de la última colección que pinté. Me sentaba allí –dijo señalando un pequeño claro–. Cada atardecer, cuando el sol descendía bajo las copas de los árboles. En ese instante el bosque se tiñe de una luz dorada que resulta preciosa.

Ethan la estaba escuchando a medias. Porque en su cabeza se estaba haciendo la imagen de Mia sentada a solas en medio de la naturaleza con sus pinceles. Casi podía ver la intensa concentración de aquellos ojos azules, aquella deliciosa lengua mojándose los labios mientras trabajaba con diligencia. Y de pronto sintió en la entrepierna una punzada de deseo. Se vio invadido por una lujuria tan obvia que no podía creerse que Mia no se percatara de ella, que no la sintiera, que no fuera consciente de su repentino cambio de actitud.

–Te estoy aburriendo –dijo ella como disculpándose al ver que Ethan se ponía boca abajo y clavaba la mirada en algún punto del infinito.

–No –aseguró Ethan con rotundidad, mirándola con una expresión que Mia no supo identificar–. ¿Quieres que vayamos a dar un paseo?

Entonces de dispuso a recoger a toda prisa los envases para después enrollar la manta. Pero Mia no estaba preparada para moverse en aquel momento.

–Descansemos –dijo con los ojos semicerrados, recostándose contra el musgo y sonriendo al ver la expresión confundida de Ethan, que volvía a desenrollar la manta para sentarse.

–¿Descansar?

–Adormilarnos.

Mia sonrió con expresión soñolienta. El sueño parecía apoderase de ella.

–Pero son las cuatro de la tarde.

–¿Es que nunca desconectas? –murmuró ella–. ¿Nunca descansas solo porque sí?

–A mitad del día, no.

–Inténtalo –se limitó a decir Mia cerrando los ojos y respirando profundamente, aspirando los deliciosos aromas, escuchando el sonido de la cascada como un perfecto ruido de fondo, sintiendo a Ethan rígido y alerta a su lado mientras trataba de tumbarse.

Pero poco a poco, cuando el sol comenzó a bajar, lo escuchó respirar cada vez más despacio, sintió que la presión desaparecía del cuerpo de Ethan. Sonriendo para sus adentros, Mia decidió que seguramente sería la primera mujer de la historia que encontraba sexis los leves ronquidos de un hombre.

–He estado pensando –comenzó a decir Ethan horas más tarde, cuando Mia fingía estar concentrada en la pantalla de televisión que tenía delante.

Por hacer algo, ella había preparado palomitas. Por supuesto, Ethan se había apresurado a puntualizar que no le gustaban y después desapareció para darse una ducha. Así que ahora estaba sentada en el sofá sintiéndose fea y sucia con Ethan a su lado, que olía maravillosamente y no llevaba puesto más que unos pantalones cortos. Sus piernas, largas y musculosas, estaban cruzadas encima de la mesita.

–Tal vez necesites un día libre.

–Eso es lo último que necesito –aseguró Mia con un suspiro sin molestarse siquiera en girarse para mirarlo.

Fingió estar concentrada en la película. Cuando echó mano al cuenco para hacerse con otra palomita la retiró de golpe, recordándose que ya había comido bastantes.

–Últimamente estoy teniendo demasiados días

libres. El problema que tengo es que me falta inspiración. Así de sencillo.

—Me refiero a un día fuera de aquí.

Mia podía sentir sus ojos clavados en ella. Sabía que Ethan se había dado la vuelta para mirarla, pero ella siguió mirando de frente, avergonzada ante el modo en que él la observaba y tratando de fingir desinterés ante lo que Ethan decía.

—Tal vez necesites convertirte en turista por un día. Podríamos salir por ahí y fingir que somos visitantes.

—¿Y qué conseguiríamos con eso? Ethan, he vivido aquí toda mi vida. Conozco el mar, la bahía, los cafés... Conozco cada rincón, y un día de turismo no va a cambiar nada.

—Solo era una idea —respondió él, encogiéndose de hombros—. Perdona la intromisión. Tú eres la artista, así que tú sabrás. Mañana puedes quedarte todo el día en la tumbona y «desarrollar» tus ideas. Seguro que sabes lo que estás haciendo y que al final todo saldrá bien.

La película había terminado. Al menos los títulos de crédito habían aparecido, así que Mia dio por hecho que había acabado. Apenas había seguido el argumento durante más de diez segundos, tan pendiente estaba de la presencia de Ethan a su lado en el sofá.

—Creo que esta noche me desvelaré. Se suponía que teníamos que echar una cabezada, no dormirnos durante dos horas.

–Seguramente lo necesitarías.

–Esto es lo que necesito.

Ethan se levantó graciosamente del sofá y se sirvió una generosa copa de brandy.

–Es la única manera de que pueda dormir. ¿Tú quieres algo? ¿Qué pasa? –preguntó cuando vio a Mia suspirar con irritación–. ¿He dicho algo malo?

–Nada.

Mia suspiró de nuevo, se levantó haciendo un esfuerzo y se dirigió a la cocina. Lo último que le apetecía tomar era un vaso de leche, pero era lo único que podía permitirse. En aquel momento le vendría de perlas una buena copa de brandy, tal vez le ayudara a dormir, porque no había ninguna posibilidad de que aquella noche lograra cerrar los ojos, y no por culpa de haberse pasado el día adormilada, sino por culpa de Ethan. Cuando regresó al salón volvió a quedarse sin respiración, como le ocurría siempre. La mera visión de la parte posterior de su cabeza era suficiente para hacerla detenerse.

Porque no podía hacerlo.

No podía volver a sentarse en el sofá con Ethan a su lado y no tocarlo.

No podía escuchar las noticias de la noche sin montar un escándalo, así que se quedó de pie. Ethan seguía mirando la pantalla, donde una alegre chica del tiempo estaba contando que al día siguiente volvería a hacer mucho calor.

–¿Qué tenías en mente?

Mia lo vio girar lentamente la cabeza al escuchar su voz.

–Me refiero a cuando me dijiste que saliéramos a dar una vuelta.

–Un barco. No en el mío –se apresuró a aclarar, como si le resultara natural que cualquiera diera por hecho que todo el mundo tenía un lujoso yate atracado en algún puerto–, sino en uno turístico. Como ese que tiene el suelo de cristal y que sale del muelle a las ocho de la mañana. Creo que está muy bien. Te lleva a la isla de Lizard. Podríamos hacer un poco de submarinismo.

Mia se lo quedó mirando. Al ver que no le respondía, Ethan se limitó a encogerse de hombros.

–Le pregunté al médico si podías.

Ethan seguía sin girarse del todo, así que no pudo verla completamente de frente, pero sabía que estaba frunciendo el ceño.

–No estaba invadiendo tu preciosa intimidad, solo pensé que sería mejor preguntárselo a él antes de sugerirte nada a ti.

–¿Y qué dijo Garth?

–Que no tenía porqué suponer ningún problema. De hecho, me dijo que pensaba que te haría mucho bien. Tu tensión arterial ha bajado y has recuperado algo de peso. Él cree que no hay ninguna razón que te impida salir. El arrecife está a solo cuarenta y cinco minutos en barco desde aquí, aunque Garth dijo que sería mejor ir en una excursión organizada en vez de los dos solos. Solo era una sugerencia.

Se hizo un silencio tenso, y Mia sintió como si estuviera balanceándose sobre la cumbre de un acantilado. La relativa seguridad que le ofrecía la casa de Ethan quedaba atrás, y delante estaba su tentador ofrecimiento.

Y Mia sabía en lo más profundo que aquel sería un paso muy peligroso. Por muy natural que pudiera sonar aquella invitación, estaba llena de peligro. Había percibido un cambio en la actitud de Ethan desde que regresaron del bosque. Daba la impresión de que la tensión sexual que parecía haberse suavizado durante las últimas semanas se hubiera salido de madre en cuestión de horas. Era como si ambos fueran más conscientes de la presencia del otro. Mia lo sabía, sabía con tanta seguridad como que en aquel momento estaba allí que, si daba aquel paso, el resbaladizo terreno que pisaban se abriría bajo sus pies, arrastrándolos hacia lo desconocido.

Entonces, ¿por qué aspiró con fuerza el aire?, se preguntó Mia. ¿Por qué asintió en la oscuridad y después abrió la boca para hablar?

—Me apetece mucho.

Su voz resultó alta y un poco entrecortada. Ethan no se dio la vuelta. Sencillamente, aquella respuesta se merecía algo más. Así que se puso de pie, cruzó el salón y se colocó delante de ella.

—¿Cuándo?

Mia pudo olerlo de nuevo, sintió su proximidad invadiendo su espacio vital, cruzando un millón de líneas prohibidas con una mirada penetrante. Le habría resultado extremadamente fácil dar un paso más, caer en sus brazos, porque sabía que él la recogería, que la salvaría. Pero Mia sabía que con el frío de la mañana aquellos mismos brazos la volverían a apartar. Que la pasión, la tensión que se calmaba con el día y se hacía insoportable de noche, volvería a disolverse una vez más. Pero en aquel momento la tensión del aire era tan intensa que le atenazaba la garganta, le llenaba los pulmones, impidiéndole pensar con claridad, impidiéndole encontrar una sola razón por la que no debería dar aquel último paso.

–¿Cuándo? –volvió a preguntarle Ethan.

–Cuando quieras.

Mia volvió a hablar con un tono sorprendentemente alto. Pero enmudeció cuando una mano se acercó a su rostro y la yema de aquel dedo pulgar tomó contacto con la suavidad de su labio superior.

–Tienes un bigote de leche.

Tal vez fuera cierto, tal vez Ethan estaba mintiendo, pero el contacto se le hizo insoportable. Incluso cuando apartó la mano, una nube de intensidad se apoderó de ella. Las aguas del deseo que Mia procuraba mantener controladas parecían haberse desatado ahora. Ethan estaba apenas a unos milímetros de ella.

–He reservando para mañana.

Ella debería haberse enfadado, debería haberle echado en cara su presunción, la arrogancia que mostraba al dar por hecho que aceptaría.

Pero era más sencillo dejarlo correr.

Deslizarse entre las sábanas frescas de algodón, apoyar las mejillas inflamadas contra la almohada, cerrar los ojos y apartar de sí aquellos pensamientos, ignorar que sus pezones se endurecían bajo las sábanas y el pulso acelerado que latía entre sus piernas. Ignorar las implicaciones de aquel simple contacto, cerrar los ojos y rezar para que la mañana trajera una perspectiva fresca.

Capítulo 7

¿Y BIEN?

Mientras miraba a través del suelo de cristal del barco, descubriendo bajo sus pies el arrecife de coral y los peces nadando como si lo estuviera viendo a través de la pantalla de la televisión, Mia sintió que su irritación iba en aumento, y eso le gustó.

Le gustó el hecho de que el amor no fuera ciego.

De que Ethan no fuera un hombre al que pudiera amar ciegamente, que el molde perfecto del que ella creía que había salido no lo era tal, sino que tenía sus burbujas y la impaciencia era la primera que podía reventar.

—¿Y bien qué, Ethan?

Él estaba sentando en un banquito estrecho de madera a su lado, rozando involuntariamente con las piernas a quince turistas ávidos de mirar.

—¿De verdad te crees que es tan fácil? ¿Crees que con pasar cuarenta y cinco minutos dando botes en un barco es suficiente para que me venga la inspiración?

Ethan se encogió de hombros, indicando claramente que ya estaba aburrido, y Mia suspiró y resistió el deseo de consultar la hora en el reloj. Seguramente no pasarían de las nueve de la mañana. Estaba deseando que pasaran las siguientes ocho horas para regresar a la relativa tranquilidad de lo que poco a poco se había ido convirtiendo en su hogar. Había sido una idea estúpida ir. Aunque no desde el punto de vista profesional. Ethan tenía razón. El hecho de escuchar el excitado murmullo de los turistas, de sentir el viento revoloteándole el cabello, de observar el sol brillando sobre el mar y la estela que iba dejando el barco sobre el agua en su devenir, todo servía para su propósito, todo despertaba al animal creativo que tenía en su interior. Los tonos grises que habían oscurecido su paleta mental durante las últimas semanas había comenzado a adquirir tonos más alegres. El zafiro del cielo, el esmeralda del agua, el sabor salado en los labios y el calor de sus mejillas cuando el sol las besaba... Parecía como si estuviera viendo todo aquello por primera vez, sintiéndolo por primera vez. Pero no era solo el animal creativo el que se estaba despertando. Sus sensaciones no habían disminuido ni un ápice desde la noche anterior. El roce ocasional de su pierna cuando el barco se escoraba ligeramente, el contacto del vello de sus muslos rozando su piel desnuda y produciendo una descarga eléctrica, todo su cuerpo en alerta máxima, despierto y a la espera...

—Dentro de poco nos detendremos.

Ethan bostezó sin esforzarse siquiera en taparse la boca con la mano, sin darse cuenta ni por asomo de la revolución hormonal que tenía sentada a su lado.

—Tal vez cuando nos hayamos dado un baño...

—¿Cómo dices?

Sus palabras apenas podían escucharse por el ruido del motor, pero hubo algo en la furia de su tono que llamó la atención de Ethan.

—No pienso nadar bajo ningún concepto —aseguró ella, sacudiendo la cabeza—. Ethan, estoy embarazada de casi ocho meses, por el amor de Dios. Ni siquiera he traído ropa de baño.

—No te preocupes por eso.

Ethan, que no parecía en absoluto perturbado por su subida de tono, rebuscó en una bolsa con el aspecto más exclusivo que Mia había visto en su vida y sacó dos trozos de tela de lycra roja que le sonaban vagamente.

—Te traje esto.

—¿Esto? —preguntó Mia con las mejillas encendidas, agarrando el biquini rojo con la rabia de un toro furioso—. Esto es lo que me ponía el año pasado cuando estaba delgada, estupenda y tenía el vientre listo. Y desde luego no estaba en la lista de las cosas que te pedí que recogieras.

—Tú misma.

El ruido del motor comenzó a descender y el murmullo de los turistas se hizo más alto cuando Ethan se quitó la camiseta y con otro movimiento se sacó las zapatillas de deporte y los pantalones.

—Pero yo quiero que me entre apetito para poder comer a gusto con mi acostumbrado vasito de vino.

–¡Estoy embarazada, Ethan! –gritó Mia mientras él se ponía la máscara de buceo.

–Entonces tomaré un vaso extra.

Y en aquel momento, como si se hubiera estado entrenando para los Juegos Olímpicos, se tiró por la borda del barco dejando a Mia hecha un mar de sudor. Unos segundos después salió a la superficie con una sonrisa congelada.

–No me digas más –dijo ella–. ¿El agua está fría?

–Lo cierto es que no, es como una bañera.

Los ojos de Ethan eran oscuros como cristales negros, y su sonrisa, la más increíble que Mia había visto en su vida.

–¿Te das cuenta de que si me baño en estas condiciones corre el riesgo de que me claven un arpón? –le preguntó, mostrándole el biquini.

–Por supuesto que no. Aquí en Queensland somos defensores acérrimos de la vida salvaje –respondió Ethan con una sonrisa–. Eso es lo que dicen, al menos. ¿Vienes o no?

Mia no respondió. Se limitó a tragarse su orgullo y a meterse en el aseo más pequeño que había visto en su vida, llevándose sin duda en el trasero unas cuantas astillas de madera de la pared mientras se ponía aquel odioso biquini. Lo único que la redimía era que aquella mañana se había afeitado las piernas. Pero eso no impidió que Mia se sintiera la mujer más fea y menos sexy del mundo cuando bajó por la escalerilla lateral del barco. Las manos amables de Ethan la guiaron hacia las aguas más azules y claras. El rojo de las mejillas de Mia ya no tenía nada que ver con la vergüenza, sino con aquellas manos familiares que la llevaban. Estaba convencida de que si se sumergía en aquel momento le emanaría vapor del cuerpo.

–Puedes elegir –le dijo Ethan, abrazándola por lo que antes era su cintura–. Podemos regresar al barco dentro de una hora o podemos mandar a la multitud al cuerno y dirigirnos hacia la isla. Allí hay un hotelito pequeño. Podemos comer algo y...

–¿Vestidos así?

–Estoy seguro de que si lo prefieres pueden prepararnos un picnic –sugirió él, encogiéndose de hombros–. Lo de ayer fue tan agradable que pensé que valdría la pena repetirlo.

Las manos de Ethan seguían en su cintura. Las tenía completamente quietas, pero aun así provocaban en ella más movimientos internos que sus propias piernas, que no paraba de mover nerviosamente. Bajo el sol, los ojos de Ethan no parecían en aquel momento negros, sino de un azul índigo. Mia se debatía entre el miedo y el deseo, tentada por un lado a regresar a la solitaria seguridad del barco y tentada por otro a quedarse, a pasar más tiempo con aquel hombre que se había declarado a sí mismo fuera de su alcance, a beber un trago más de la copa prohibida que él parecía ofrecerle, a solazarse uno poco más con aquello que sabía que nunca podría tener.

–Lo del picnic suena bien –aseguró con voz medio pastosa, sintiendo todavía la sólida presencia de las manos de Ethan en su cintura–. Tienes que volver para decirle al capitán que...

–Ya lo he hecho.

Ethan se escapó antes de que ella pudiera replicar. Se colocó la máscara y se dispuso a bucear dejando un rastro de agua en la superficie. Tras unos instantes de vacilación, Mia lo siguió. Se llenó de aire los pulmones y descendió con los ojos muy abiertos, maravillándose en cuanto el arrecife apareció ante sus ojos. A pesar de la cantidad de veces que lo había visto nunca dejaba de asombrarla que bajo las tranquilas aguas azules existiera un mundo distinto en el que los colores eran más brillantes, más vibrantes en cierto modo y donde los peces se movían alegremente sin ningún temor.

Ethan observaba. Su mayor capacidad pulmonar le permitía permanecer más tiempo debajo, le permitía verla subir a la superficie a tomar aire, más hermosa que cualquier criatura marina con sus rizos dorados estirados por efecto del agua y sus pechos apenas cubiertos por aquellos triángulos rojos, el delicioso abultamiento de su vientre... Sus piernas bronceadas parecían no tener fin. Ethan sintió que su entrepierna se endurecía al imaginar el rincón dulce y secreto que se escondía entre ellas. Un rincón que él había visitado, un rincón al que quería, deseaba, necesitaba regresar.

Se llenó de aire los pulmones cuando salió a la

superficie. Su respiración agitada no tenía nada
que ver con la inmersión sino con el rostro son-
riente que lo esperaba, con aquellos ojos tan azules como el mar y aquel cabello que flotaba a su
alrededor como un manto. Parecía una sirena auténtica, una criatura divina, y Ethan sintió que se
moría por rodearla con sus piernas, por quitarle la
minúscula parte inferior del biquini y hacerla
suya. Su erección era de tal calibre, su deseo tan
profundo que le dolió físicamente el retenerlo. La
sensación de la mano de Mia sobre su hombro no
ayudaba mucho. Ni tampoco el movimiento de
sus senos subiendo y bajando mientras ella trataba
de controlar la respiración.

—¿Listo para marcharte?

Ethan no lo estaba.

Lo único que deseaba en el mundo era quedarse, alargar un poco más aquel momento, apre-
sar aquel instante y de alguna manera conservarlo
para el futuro, recordar la belleza de la superficie
e ignorar la irrefutable verdad que se escondía
bajo la inocencia de aquellos ojos. La lujuriosa
curva de sus labios estaba tan húmeda, tan tenta-
dora, que Ethan sintió deseos de beber en ellos. El
sol brillaba sobre su piel, y la sonrisa casi infantil
de Mia contrastaba brutalmente con el voluptuoso
cuerpo de mujer que se adivinaba bajo las aguas
transparentes como el cristal. Un cuerpo femenino redondeado por el hijo de otro hombre, el
hijo de su hermano. Y Ethan podría vivir con ello.
Sintió una cercanía con el bebé que desafiaba a

sus propios sentimientos. Un amor inconmensurable por alguien a quien todavía no conocía, por un niño al que estaba deseando abrazar. Pero Richard había estado allí, la había acariciado, la había abrazado, la había amado...

¿Podría vivir con aquello también?

Su propia indecisión lo aterrorizaba. En un principio aborrecía por completo la idea, la rechazaba por espantosa... Pero poco a poco se iba haciendo a ella. Las líneas que tan profundamente había dibujado en las arenas del tiempo se iban borrando a cada destello de vida dentro de Mia. Las normas que se había impuesto a sí mismo se convertían en insignificancias cuando contemplaba la posibilidad de vivir un futuro con ella.

Ethan no lo entendía.

No quería entender cómo Mia podía desearlos a ambos. Y sabía que a él lo deseaba. El beso del cuarto de baño había confirmado lo que Ethan sabía. El calor, la tensión sexual que irradiaban cuando estaban juntos era tan poderosa que podía saborearse, podría salir al aire y agarrarla, sujetarla en la palma de la mano que tenía en la superficie del agua. Ethan no entendía cómo podía estar tan dispuesta a seguir adelante. El dolor, el luto por la pérdida del padre de su hijo, su amante, le parecía de algún modo inadecuado. Sí, Mia echaba de menos a Richard. Al menos la había escuchado llorar de noche, había visto sus ojos llenarse de lágrimas, había visto cómo su mente se perdía cuando se mencionaba su nombre o cuando se lo recordaba una canción o alguna película. No tenía ninguna duda de que lo echaba de menos. Pero la Mia que él conocía, la Mia que él amaba, debería estar hundida de rodillas.

Igual que lo estaría él si fuera su amor, si la muerte se llevara a Mia de su lado, de su futuro, de sus sueños. Ethan estaría entonces de rodillas, gimiendo por la injusticia, llorando su agonía, torturándose con el remordimiento de tantos años perdidos.

Sencillamente, no lo entendía.

Entonces ella se escapó. Se metió en el agua delante de él, se soltó de sus manos y solo quedó en la superficie una pequeña marca de su salida. Y entonces Ethan tuvo una revelación de lo que Mia debió sentir siete años atrás cuando él la sacó de su vida, cuando la dejó sin más con tantas preguntas sin respuesta, completamente sola y sin nada a lo que agarrarse.

Capítulo 8

QUIERO pintar.

Apenas habían entrado por la puerta. Una estela de arena sobre las frías baldosas de mármol la siguió mientras Mia se dirigía con determinación hacia la zona del patio sin molestarse siquiera en encender las luces mientras avanzaba. Tenía la cabeza llena, rebosante de ideas, de colores, de pasión. Por fin estaba preparada.

—¿Ahora?

Mia fue consciente de la incredulidad que destilaba la voz de Ethan.

—Mia, son las once de la noche. Llevamos fuera desde las siete de la mañana. Creo que deberías descansar, dormir un poco y...

—No podría dormir —lo interrumpió ella, negando firmemente con la cabeza sin darle opción a réplica—. Ethan, me siento como si llevara semanas durmiendo. Tú tenías razón. Necesitaba salir, volver a ver el mundo, escuchar la emoción de la gente cuando ve por primera vez la belleza del arrecife. Este ha sido el mejor día.

Y lo había sido. Desde el esplendor del arrecife hasta la playa virgen en la que habían hecho el picnic, todos los instantes habían supuesto un despertar que no había hecho más que empezar. Mia sentía todavía en la piel los besos del sol, todavía podía escuchar el sonido del mar como si tuviera una caracola en el oído, aún era capaz de distinguir los brillantes colores que Ethan le había puesto delante, y sabía que tenía que liberarlo todo en aquel momento.

–Lo tengo todo aquí –aseguró, palmeándose suavemente la cabeza.

Pero él negó con la suya.

–Y ahí seguirá por la mañana, Mia –comenzó a explicarle.

Pero ella no lo escuchó. Levantó una sábana llena de polvo que cubría una escultura a medio empezar, sacó un cincel y se quedó mirando el mismo trabajo que llevaba semanas observando en silencio. Solo que esta vez era diferente. En sus ojos había fuego, y en sus movimientos una intención que hasta aquel entonces no tenían.

–¡Mia! –volvió a intentarlo Ethan, sintiendo que ella se mostraba impaciente ante la distracción que él suponía–. Puedes ponerte con esto mañana.

–Tal vez mañana ya no esté aquí –murmuró ella suplicándole con los ojos que la entendiera, que se estuviera callado–. Ethan, esto no es un escritorio del que puedo levantarme y volver a sentarme. No es una hoja llena de números que pueden parecerme más claros por la mañana. Tal y como es este trabajo, tal vez mañana ya no quede nada. Tengo que tomarlo mientras esté, tengo que...

Mia se interrumpió. Se dio cuenta de que era inútil. Aquel adusto hombre de negocios que la miraba fijamente nunca lo entendería. Pero cuando Ethan asintió levemente con la cabeza, cuando se metió en la cocina y regresó con dos bebidas, pasándole una a Mia sin decir una palabra. Ella lo sonrió agradeciéndole que la entendiera. Por fin había surgido. Por fin las visiones que llevaban tanto tiempo esperando en la trastienda habían salido a la luz.

Y aunque Ethan no lo entendiera tendría que respetarlo, porque al verla trabajar, al verla golpear delicadamente la escultura, al ver cómo su creación surgía delante de sus ojos, al ser testigo directo de su talento, no podía hacer otra cosa.

Mientras trabajaba, a cada golpe de cincel, la imagen se acercaba más a lo que habían visto durante el día, capturando la belleza que ninguna foto podría encerrar. La profundidad de la imaginación de Mia, la atención que le prestaba a los detalles, la habilidad de sus dedos delicados captaban casi completamente su atención.

Casi completamente.

El brillo de su piel, todavía cubierta de sal, sus brazos alzándose lentamente por encima de la camiseta antes de que los dejara caer con impaciencia tras hacer un movimiento. Su columna vertebral seduciéndolo cuando Mia se inclinaba hacia

delante para trabajar, el pequeño triángulo del biquini que apenas le cubría...

–Voy a darme una ducha.

Ella ni siquiera respondió.

Ni siquiera pareció darse cuenta de que Ethan
se había marchado.

Ni siquiera alzó la vista cuando él regresó pasado un buen rato.

–¿Estás llorando?

–Son lágrimas de felicidad.

Dos perlas brillantes lo deslumbraron durante
un instante, cegándolo con su belleza.

–Ya he terminado.

Mia se giró de nuevo hacia su trabajo y él se
colocó detrás, mirando a la escultura pero sin
verla, con la cabeza tan llena que parecía que le
fuera a estallar. Durante un brevísimo momento
pareció incluso entenderlo, saber qué se sentía al
actuar impulsivamente, comprender que era cierto
que la magia, la belleza y la intimidad tal vez no
estuvieran allí por la mañana.

Y Ethan quería compartir aquel momento con
ella.

E igual que Mia podía escuchar el mar en una
caracola imaginaria, él escuchó la voz de ella en
su interior.

«Tal vez haya llegado el momento de perseguir
tus sueños, Ethan».

Mia era un sueño, su sueño, la visitante noc-
turna de su subconsciente que invadía cada rincón

de su espacio vital con su mera presencia, y no podía seguir negándolo.

Ethan podría hacerlo, podría amarla sin preguntas, la amaría si ella se lo permitía.

Dejaría a un lado las reservas que lo habían estado reteniendo porque, sencillamente, no podía hacer otra cosa.

Ethan dio medio paso adelante y le colocó la mano sobre el hombro al tiempo que se sentaba detrás de ella. Ambos contemplaron la visión subacuática que Mia había creado, reviviendo de nuevo el impulso sensual bajo el que habían bailado cuando dejaron atrás el mundo, la libertad que habían encontrado aquella misma mañana. Ethan pudo sentir cómo subían y bajaban sus senos cuando aspiraba el aire. La tensión que la había inundado iba aumentando ahora. Burbujas de deseo afloraban a la superficie mientras la piel de Mia parecía fundirse con la suya. Su cuello largo y delicado, en el que latía el pulso agitado, parecía llamar por su cuenta a sus labios. Ethan lo sintió bajo su boca hinchada y capturó su latido con la lengua al tiempo que aspiraba el aroma de su cabello. Y cerró los ojos en gesto de remordimiento por todo lo que había tirado por la borda, por las conclusiones a las que había llegado, por haber dudado de ella, por no haber sido capaz de creer sin reservas en la magia que había encontrado aquella noche.

Como si hubiera conectado el piloto automático, Ethan deslizó la mano en el interior de la tela elástica sin ninguna precaución, sin echarse atrás, porque sabía que era ahora o nunca. Sintió su pezón bajo sus dedos, el latido acelerado de su corazón mientras pellizcaba el pezón entre las yemas de los dedos pulgar e índice, y Ethan apoyó el torso contra aquella espina dorsal que lo volvía loco.

Mia se arqueó hacia atrás. La curvatura de su cuello se convirtió en el refugio de la mano libre de Ethan, con la que localizó su ahora enloquecido pulso. Se inclinó sobre ella y trató de calmarlo con sus labios frescos.

–No puedo, Ethan –murmuró ella en un suspiro ronco, destilando remordimiento en cada palabra–. No puedo hacerlo. No puedo arriesgarme a levantarme por la mañana y ver arrepentimiento.

–No habrá ningún arrepentimiento, Mia. Nunca más. He vivido con él durante siete años y no pienso perderte dos veces. No voy a dejar que mi orgullo se interponga de nuevo en nuestro camino. No puedo seguir así, no puedo seguir viviendo en esta casa y no tenerte. Entera.

–¿Estás seguro?

Las manos de Mia buscaron las suyas, pero el calor de las palmas de Ethan se situó en su pecho y ella se debatió internamente. Estaba deseando rendirse, dejarse llevar por los sentimientos que Ethan despertaba en ella, permitir que él acabara con la soledad y la agonía que inundaban todos sus poros. Pero se sentía paralizada por la vulnerabilidad, aterrorizada ante la posibilidad de volver a sentir, dejarlo entrar para que se volviera a marchar al instante. No podría soportar la tortura de un segundo rechazo.

–¿Estás seguro de que podrás perdonar el hecho de que este hijo sea de Richard?

–No hay nada que perdonar –aseguró Ethan con la voz entrecortada por la emoción–. Ahora lo sé, Mia. Se trata de una cuestión de aceptación. Al principio no sabía si podría aceptarlo, no estaba muy seguro de lograr superar el hecho de que Richard y tú...

Ethan se detuvo un instante. La sensibilidad lo atenazaba y él decidió bloquearla, apartó de sí casi físicamente las preguntas que lo inquietaban. Tal era la fuerza de su deseo, de su amor.

–Desde el día que te pedí que vinieras aquí, desde el momento en que volví a verte te he deseado, Mia, te he deseado entera. Lo sabes tan bien como yo. Pero una cosa es el deseo y otra el sentido común. No puedo alojarte en mi casa como si tal cosa, del mismo modo que no puedo meterte en mi cama como si no pasara nada. Por eso he esperado, por eso te he estado rechazando. Tenías que ser tú entera, Mia.

–Y tienes que ser tú entero, Ethan –respondió ella con voz temblorosa–. Tienes que prometerme que hablarás conmigo, que me dirás lo que piensas, lo que sientes...

–Lo haré.

–¡Tienes que hacerlo! –insistió Mia con cierta desesperación–. Hace siete años no me diste siquiera la oportunidad de defenderme, echaste por la borda todo ese tiempo que podríamos haber pasado juntos. Eras demasiado confiado como para darte cuenta de que podría haber otra versión de la historia. Y demasiado orgulloso como para preguntarme cuál era mi verdad.

–Ahora ya la sé.

La voz de Ethan transmitía tanta sinceridad, y había en sus palabras tanto remordimiento, tanto dolor y tanto amor que fue suficiente para acabar con sus miedos, para que por fin admitiera que tal vez podría hacer que funcionara después de todo. Mia asintió con la cabeza para dar su confirmación, cerró los ojos y se inclinó sobre él de modo que las manos de Ethan la abrazaron y comenzaron a acariciarle suavemente la espalda. El suave contacto de su piel funcionó como un acelerador para su deseo.

–Por la mañana seguirá aquí –susurró.

Y esta vez Mia lo creyó, esta vez tuvo claro que Ethan sabía lo que estaba diciendo. Echó el cuello todavía más atrás y sintió un nudo en la garganta cuando sus manos descendieron y dejaron sus senos al descubierto, a merced de sus labios. La lengua de Ethan se deslizó sobre sus pezones erectos y se entretuvo con ellos un buen rato. Tenía los muslos alrededor de los de Mia y le acariciaba el vientre con la mano. Esta vez no se trataba de una caricia cauta. Esta vez ella pudo sentir el amor, la pasión, la reverencia de sus movimientos mientras acunaba al niño que llevaba dentro con gesto casi posesivo. Mia tuvo la sensación de que había entrado en ella y se había apoderado de su alma. Supo que aquellas caricias iban más allá del deseo, más allá de la pasión. Sabía que al tocarla Ethan estaba tomándola entera, y Mia se rindió entonces, se despidió de las últimas sombras de duda que gravitaban sobre ella.

Las caricias de Ethan eran lo único que necesitaba para seguir adelante. Sus labios subían ahora para besarla en las orejas. Su respiración agitada la llevaba hacia el frenesí mientras sentía cómo le daba vueltas la cabeza, un frenesí que se hizo aún más enloquecido cuando Ethan deslizó la mano dentro de la braguita de su biquini. Sus dedos exploraron la suavidad de aquellas latitudes mientras que con la otra mano le bajaba la parte de abajo del biquini, atacándola por dos direcciones. Mia no supo cómo responder a aquella verbena de sensaciones. Sentía una imperiosa necesidad de darse la vuelta para mirarlo unida a un deseo egoísta de seguir como estaba, de permitir que sus manos expertas hicieran magia, que continuaran con sus caricias, que se hundieran en su calor. Un leve quejido se le escapó de los labios pero fue interrumpido al instante por un estremecimiento inesperado cuando la otra mano de Ethan alcanzó el corazón de su feminidad. Mia arqueó la espalda en deliciosa sumisión. Le temblaban las piernas casi espasmódicamente mientras él la llevaba casi al borde del abismo.

–Ethan...

Aquello fue lo único que pudo decir, pero él lo entendió, entendió el lenguaje que su cuerpo estaba hablando con libertad. Mia se giró y se quedaron mirándose de frente. Y Ethan la apretó contra sí, la guio mientras ella se hundía en su interior, mientras se deslizaba en su virilidad con los brazos de Ethan sujetándola cuando echó la cabeza hacia atrás. Ethan sintió sus piernas rodeándole la espalda, su estómago abultado contra su cuerpo. Él intentó contenerse, temeroso ante la posibilidad de hacerle daño, pero Mia no se lo permitió. Se estrechó contra él, otorgándole el permiso que necesitaba para hundirse definitivamente en ella, para entregarse al espasmo que invadió todo su cuerpo, para sentir su rincón más íntimo apretándose entre convulsiones contra él. Entonces Ethan se dejó ir y se estremeció de los pies a la cabeza. Un gruñido animal surgió de sus labios mientras Mia arrancaba de su cuerpo hasta la última gota de dulce néctar.

Agotada pero feliz, ella se apoyó contra Ethan para descansar, apoyó las mejillas encendidas en su hombro húmedo, sintió que aquellas manos que no habían dejado en ningún instante de acariciarla la estrechaban con fuerza mientras su corazón, que estaba latiendo a toda máquina, comenzaba a recuperar su ritmo.

Y Mia supo entonces en un instante de clarividencia que por fin podría contarle la verdad, porque no se la soltaría para defenderse sino por una buena razón.

Y supo que Richard lo entendería.

–Ethan, respecto a Richard...

–No –la interrumpió él, alzando una mano para impedirle continuar–. Ahora no, Mia. Acabamos de reencontrarnos. Tenemos el resto de nuestra vida para hablar de todo. Como te dije antes, esto seguirá aquí por la mañana.

Capítulo 9

Y ASÍ fue.
   Durante siete años Mia había amado a Ethan y se había perdido la belleza de despertarse a su lado. Ignorando su suave gemido de protesta cuando le quitó el brazo del vientre, Mia se giró para mirarlo y le costó trabajo creer que durante todo aquel tiempo no lo había visto nunca relajado, no había descubierto toda la belleza de su rostro sin la eterna máscara que siempre llevaba. Se lo quedó mirando para captar cada detalle de su expresión y no pudo evitar alzar la mano para rozar levemente aquella cara, acariciar su mejilla. Ethan abrió entonces lentamente los ojos y su mirada le hizo sentir tan deseada, tan adorada que se sintió completamente a salvo.

–Buenos días –murmuró él con voz soñolienta–. ¿Qué planes tienes para hoy?

Mia valoró aquella pregunta, valoró el hecho de que se tratara de un paso adelante.

–Tengo visita del médico a las nueve. ¿Y tú?

–Tengo una videoconferencia con el director del complejo hotelero de Sydney a las nueve y media y una reunión a las once.

–Lo siento.

–¿Por qué?

–Por tenerte apartado del trabajo. Sé que andas un poco en el limbo...

–Y me encanta –aseguró Ethan, sonriendo–. Cielos, Mia, desde que puedo recordar trabajo dieciocho horas diarias. Me merezco este tiempo alejado de la oficina. Además, cuando lo arreglé todo para trabajar desde aquí pensé que sería más largo. Nadie pensaba que Richard fuera a morir tan pronto, que se acercaría tan deprisa al final.

Ethan guardó silencio. El recuerdo de Richard se quedó colgado en el aire entre ellos durante unos instantes.

–Tengo algo que decirte, Ethan –comenzó a decir Mia suavemente–. Algo que creo que debes saber.

–¿De qué se trata? –preguntó él con los ojos entornados mientras le acariciaba el vientre.

–Se trata del bebé, de Richard y de mí.

Ethan le apartó la mano del estómago y apartó la mirada con gesto sombrío.

–Por favor, Mia –le pidió, pasándose la mano por el cabello–. No puedo hablar de eso. Ya sé que este niño es hijo de Richard, lo comprendo e incluso la acepto, pero no estoy preparado para...

Mia miró de reojo el reloj de la mesilla, que marcaba las ocho y media. Y supo que aquel no era el momento, que lo que tenía que decir los afectaba a los dos mucho y necesitaba tiempo para explicarlo.

–Esta noche, entonces. ¿Podemos hablar esta noche?

Al ver que él no respondía, decidió insistir.

–Ethan, hay algo que debes saber, algo que necesito compartir contigo. No es el momento de guardar secretos.

Él asintió levemente con la cabeza y Mia vislumbró en sus ojos un brillo que solo podía ser miedo.

–Entonces, esta noche –afirmó ella, saliendo de la cama para dirigirse a la ducha.

–Me hubiera gustado poder estar aquí contigo hoy –se lamentó Ethan, levantándose también–. No quiero que hagas esto sola.

–No estoy sola –aseguró ella, besándolo con ternura–. Ya no.

Capítulo 10

RICHARD lo entendería.

Mia estaba segura de ello.

Entendería la razón por la que había roto la promesa que le hizo. Y con suerte aquello serviría para acercarla todavía más a Ethan, para crear un nuevo lazo entre ellos y el niño que pronto formaría parte de sus vidas.

Tras examinarla a conciencia, Garth le había asegurado que todo iba bien. Una cosa más que celebrar. Mia metió una botella de champán en la nevera y decidió que se permitiría tomar una copa pequeña para brindar por el maravilloso futuro que le esperaba al lado de Ethan. Pero no había tiempo para ensoñaciones. Quería que todo estuviera perfecto hasta el último detalle. Y que hubiera flores, muchas flores por todas partes.

El tiempo corría muy deprisa, y cuando terminó de prepararlo todo apenas tuvo tiempo de entrar y salir de la ducha. Estaba tan nerviosa que le temblaban las manos cuando se puso la máscara de pestañas y cuando se subió la cremallera de su vestido blanco hielo. De hecho, estuvo a punto de quemarse cuando encendió las velas de los candelabros que había preparado.

Todo estaba listo.

Mia observó su imagen en el espejo y tragó saliva para contener los nervios cuando escuchó el motor del coche de Ethan y poco después sus pasos impacientes en los escalones.

Estaba preparada para contarle lo que merecía saber.

Dio un paso adelante al oír el ruido de su llave en la cerradura. Entonces se abrió la puerta y él entró. Bajo la tenue luz de la entrada ella no podía descifrar su expresión. Ethan se movía entre sombras, y Mia esperó con sonrisa nerviosa a que la estrechara entre sus brazos. Necesitaba su contacto.

Pero él no la tocó.

Mia sintió las barreras que volvían a interponerse entre ellos antes incluso de que Ethan abriera la boca. Sintió toda la animadversión que emanaba de él.

Sin decir una palabra, Ethan se quitó la chaqueta, la arrojó sobre una silla y tras aflojarse el nudo de la corbata se sirvió una copa de brandy y la bebió de un trago, sin dignarse siquiera a mirarla.

—Ethan, ¿qué ocurre? —le preguntó Mia asustada, deseosa de saber al instante la razón que explicara su súbito cambio de actitud.

—Dímelo tú.

Sus palabras sonaron como tiros. Aquellos ojos desconfiados que desgraciadamente ella conocía tan bien se giraron para mirarla fijamente. El hombre suspicaz había regresado para sustituir a su recién recuperado amante.

–¿Qué era eso de lo que querías hablarme esta noche? –le preguntó Ethan antes de que Mia tuviera tiempo de abrir la boca–. Dijiste que tenías algo importante que decirme.

–Y sí es. Así era –rectificó Mia con voz temblorosa, confundida por la situación.

–Adelante entonces –dijo él de malos modos, sirviéndose otra copa con tanta violencia que estuvo a punto de derramar el contenido.

–No es tan fácil –comenzó a decir ella con gesto vacilante–. No es algo que...

–Entonces, déjame ayudarte –la interrumpió Ethan, acercándose a ella con un brillo tan maligno en los ojos que por un segundo Mia sintió los dedos del pánico apoderándose de su ser.

–Ethan, por favor, me estás asustando...

–Ahórrate el drama, Mia –ladró él–. Sabes que nunca te haría daño.

Ethan se quedó callado durante lo que pareció una eternidad. Tenía la respiración entrecortada, y a Mia le latía furiosamente el corazón. Observó cómo la furia se iba apoderando de su rostro antes de que le espetara por fin unas palabras con tanta rabia que ella dio un paso atrás.

–¿Sabes dónde he estado? ¿Sabes por qué he llegado tan tarde?

Ethan no esperó una respuesta antes de continuar.

–Porque me he pasado el día sentado en el despacho de un abogado escuchando los motivos de que la venta de la casa de Richard esté tardando tanto. He estado escuchando las razones por las cuales su ex amante quiere impugnar el testamento. Porque *él* cree que el hecho de haber vivido con Richard cinco años y haber contribuido al pago de la hipoteca significa que tiene derecho a una parte de los beneficios de la venta de la casa.

Ethan esperó su reacción con los ojos entornados. Mia tragó saliva con gesto nervioso y se quedó completamente quieta donde estaba. Lo único que se movió fueron sus pendientes.

–No pareces sorprendida.

–No lo estoy –respondió ella con voz algo ronca–. Creo que Michael tiene todo el derecho de pensar que merece...

–Entonces, ¿lo conoces?

–Claro que lo conozco. Era el amante de Richard –aseguró Mia, mirándolo con ojos angustiados–. Siento que hayas tenido que enterarte de este modo, Ethan. Lamento no haber tenido el valor de hablarte de Richard antes. Él quería que tú lo supieras, deseaba con todas sus fuerzas contártelo pero sencillamente no pudo.

–¿Por qué? –preguntó Ethan, apretando los dientes–. ¿Acaso pensaba que no lo entendería?

–Tal vez tú sí –reconoció ella–. Pero tus padres no lo hubieran aceptado ni en un millón de años, y Richard no quería ponerte en una situa-

ción incómoda. Me contó que una vez había intentado decírselo, y cómo tu padre... Debió ser la
vez que dijo que se había acostado conmigo
–aseguró sacudiendo la cabeza–. Siempre decía
que era más fácil mentirles, decirles lo que querían oír.

–Entonces, ¿nunca se acostó contigo?

–Ya te lo he dicho varias veces, Ethan. Se lo in-
ventó y ahora ya conoces la razón.

–Nunca se acostó contigo –repitió él masti-
cando cada palabra y observando su vientre abultado con expresión de furia enloquecida–. ¿Qué
ibas a contarme esta noche, Mia? ¿Que no estás
cien por cien segura? ¿Pensabas decirme que tal
vez el hijo no sea de Richard y cubrirte las espaldas por si acaso?

–¿Por si acaso qué?

–Por si acaso me entero después. Por si en-
cargo un análisis de ADN o el bebé se pone malo
y lo averiguo. ¿Es esa la manera que tienes de
atraparme, Mia? ¿Tu plan era hacer el amor conmigo y seducirme para que me enamorara por
completo de ti y así accediera a cualquier cosa, a
querer al hijo de cualquier hombre como si fuera
el mío propio, como si mi sangre corriera por sus
venas?

–Bastardo... –murmuró Mia apretando los labios de rabia.

Todo su cuerpo temblaba ante la injusticia de
aquella situación.

–¿Cómo te atreves a decir que nunca me harías

daño? Eres un mentiroso, Ethan Carvelle, porque una y otra vez me haces daño, una y otra vez me infliges un dolor que no merezco.

–Tú eres la mentirosa, Mia –respondió él, acercándose y agarrándola de los brazos–. Richard era gay por el amor de Dios. Y tú me has dejado creer que era tu amante, y has intentado hacer pasar por suyo este niño. Eres tú la que me estás causando un gran dolor.

–¡No! –gritó ella, dando un tirón para soltarse y mirarlo con los ojos llenos de lágrimas–. Haces que amarte sea un trabajo muy duro, Ethan. Haces que resulte muy difícil abrirse y ser sincera contigo. Estás tan seguro de que todos vamos a ir a por ti, tan seguro de que todo el mundo es tu enemigo... Yo quería a Richard, quería tener este hijo, pero nunca me acosté con él, ni una sola vez. Y sin embargo el hijo es suyo.

–¡Por favor! –se burló Ethan–. Eso no tiene ningún sentido...

–Por supuesto que lo tiene. Si estuvieras dispuesto a bajarte del caballo y pensar en las cosas racionalmente te darías cuenta de que tú mismo te has respondido a la pregunta. ¡Por las venas de este bebé corre sangre de los Carvelle porque esa era la única esperanza de vida que tenía Richard! Piensa un poco, Ethan, se supone que tú eres el listo. ¡Tu hermano tenía cáncer, por el amor de Dios! Todas las pruebas de compatibilidad que se hizo tu familia resultaron negativas. Estamos en el siglo veintiuno. No hace falta acostarse con alguien para tener un hijo con esa persona.

Con los ojos llenos de lágrimas, Mia se dio la vuelta, corrió hacia su habitación y cerró con pestillo,

—Mia, déjame hablar... —gritó Ethan, golpeando la puerta desde fuera.

—Estoy harta de hablar, Ethan. Estoy harta de justificarme delante de ti.

—¡No lo sabía! —exclamó él con desesperación—. Cuando me enteré de que Richard era gay, ¿qué demonios se suponía que tenía que pensar?

—Deberías haber venido a mí —sollozó Mia, apretando el cuerpo contra la puerta que Ethan estaba tratando de abrir—. Deberías haber sido capaz de hablar conmigo antes de llegar a tus propias conclusiones.

—Mia, por favor...

—¡No! —exclamó ella con voz tajante—. No voy a permitirte que me hagas esto, Ethan. No puedo vivir ni un segundo más así, no puedo estar esperando a ver cuándo se produce la siguiente cacería, la próxima tanda de acusaciones. Lo único que quiero es que te marches.

—Déjame entrar, Mia —insistió Ethan, presionando la puerta con su cuerpo—. Por favor, abre...

El dolor que ella sentía era tan intenso, las lágrimas tan abundantes, que tardó unos instantes en darse cuenta de que el nudo que tenía en el estómago no se debía a la tristeza. Se llevó la mano al estómago y comprobó con los dedos que los músculos estaban muy tensos.

–Mia, déjame pasar –seguía diciendo la voz de Ethan.

Ella no contestó. Se quedó en la oscuridad esperando a que pasara aquel momento, deseando poder volver a tomar el control de su cuerpo. Pero cuando empezaba a pensar que se había equivocado, que ya estaba bien, el dolor regresó con más intensidad todavía y la obligó a doblarse y a proferir un grito ahogado de dolor.

–¡Mia! –exclamó Ethan con más dulzura al sentir que algo no iba bien.

–Es el bebé –dijo ella, abriendo la puerta y observando el gesto aterrorizado de Ethan.

–No puede ser –aseguró él, pasándose la mano por el pelo con nerviosismo–. Es demasiado pronto.

–Es ahora, Ethan –gimió Mia doblándose de nuevo ante el dolor de una nueva contracción–. Llama a Garth, al hospital, saca el coche...

Por una vez hizo lo que ella le pedía. La ayudó a bajar las escaleras, abrazándola cada vez que le venía una contracción y le ayudó a sentarse en el asiento de delante del coche. Pero a pesar de que Ethan intentaba aparentar calma, Mia supo por la rigidez de su mandíbula y por el modo en que dictaba las órdenes a través del teléfono móvil que estaba tan aterrorizado como ella.

–Esto es culpa mía –dijo él, apretando el volante con tanta fuerza que se le pusieron los nudillos blancos–. No debería haberte dicho nada, no debería haberme enfrentado...

–No es culpa de nadie –lo interrumpió Mia, agarrándose a la puerta del coche para aguantar el dolor que aumentaba a cada contracción–. Esta mañana he tenido unas cuantas contracciones.

–No me lo habías contado.

–No me has dado oportunidad, Ethan –aseguró ella, soltando una breve risa amarga.

Fue un alivio ver las luces brillantes del hospital, una bendición que un equipo de profesionales estuvieran esperándolos en la puerta con una silla de ruedas.

–Iré a aparcar y regresaré enseguida –prometió Ethan, agarrándola de las manos.

–No –aseguró ella con firmeza tratando de controlar el dolor–. Vete a casa, Ethan. Te llamaré cuando todo haya acabado.

–¿Que me vaya a casa? –repitió Ethan, mirándola con asombro–. Necesito estar contigo, Mia.

El personal había metido ya la silla en el ascensor y la llevaban hacía una sala.

–Pero yo no te necesito, Ethan.

Las puertas se abrían a su paso. El rostro familiar de Garth le dio la bienvenida a aquel espacio desconocido.

–Tenemos que entrar ya –aseguró la voz profunda del médico–. Será mejor que te vayas, Ethan.

–Nunca –respondió Ethan, alzando la cabeza en gesto orgulloso.

–¿Puedes dejarnos un momento a solas, Garth? –pidió Mia con voz sorprendentemente calmada para su situación–. Será solo un instante.

Cuando se quedaron a solas observó el rostro del hombre al que amaba, el hombre al que necesitaba a su lado en aquel momento más que nunca. Pero por muy duro que le resultara pedirle que se fuera más difícil le era dejar que se quedara, saborear las mieles de su amor...

Hasta el siguiente arrebato.

–Te amo, Ethan –le dijo con dulzura–. Siempre te he amado y siempre te amaré. Pero lo que tú no logras entender es que no te necesito. No he estado viviendo a la espera de tu regreso, no he pasado los días maquinando la forma de hacerte volver a mí o de retenerte. Lo cierto es que he vivido como quería, he tomado mis propias decisiones yo sola.

–Pero esta mañana...

–Esta mañana ha sido perfecta –recordó Mia cerrando los ojos–. Esta mañana ha sido como podría ser, pero no estoy preparada para vivir así, Ethan. Merezco ser amada sin reservas.

–Y lo eres.

Ella negó con la cabeza.

–Parece como si estuvieras esperando a tener razón, Ethan. Como si esperaras a que mostrara mi cara oculta... Algún día cometeré un error, algún día sin duda haré algo de lo que no me sienta orgullosa. ¿Y entonces qué, Ethan? Esta noche te arrepientes de haberme hecho daño porque se ha demostrado que te equivocaste. Pero, ¿qué ocurrirá cuando sea yo la que me confunda, Ethan? ¿Qué será entonces de tu amor incondicional?

–Mia, no...

–Por favor –lo interrumpió ella alzando una mano temblorosa–. Si de verdad me quieres vete a casa, Ethan. Respeta mis deseos y márchate.

–Nunca me alejaré de ti, Mia –insistió Ethan con la voz rota por la emoción–. Pero te daré tu espacio si eso es lo que necesitas. Estaré aquí –dijo señalando con la mano la sala de espera–. No entraré, no me moveré, pero si cambias de opinión, si...

Ethan no terminó la frase. Se limitó a asentir con la cabeza con gesto orgulloso cuando Garth salió, agarró la silla de ruedas y se la llevó.

Capítulo 11

ETHAN también lo sintió.

Cada grito de dolor le atravesaba el cuerpo como si le hiciera daño a él también, recordándole de paso todo lo que había echado por la borda, lo que se estaba perdiendo. Se moría de ganas de estar al lado de Mia, necesitaba abrazarla, ayudarla, estar allí... Pero no lo hizo.

Y por una vez no se trataba de un gesto de orgullo, sino de respeto.

Recorrió la salita a grandes zancadas y sintió que iba a explotar. Tenía la cabeza llena de excusas patéticas para explicar su comportamiento pero las rechazó todas sabiendo que ya era demasiado tarde. Ethan se dejó caer en una silla y hundió la cabeza entre las manos.

–¿Ethan?

Aquella vocecita apenas perceptible que se escuchaba en el pasillo lo obligó a ponerse inmediatamente de pie. Su primer impulso fue acercarse corriendo a su lado, estar con ella, pero se contuvo, trató de hacer lo correcto, lo que hasta el momento no había sido capaz de hacer: darle el beneficio de la duda.

–Creo que te reclaman –dijo Garth, asomando la cabeza por la puerta.

–Pensé que estaría maldiciéndome –murmuró Ethan, acercándose a toda prisa al médico–. ¿Puedo pasar?

–Por ahora sí –aseguró Garth con gesto serio–. Pero si te pide que te vayas, te irás.

Ethan estaba tan desolado que asintió con la cabeza y entró en la sala. Sus ojos tardaron unos instantes en acostumbrarse a la penumbra. El aroma a incienso que inundaba la habitación le entró enseguida por el olfato. Se escuchaba el sonido de unos pájaros trinando en el bosque y dos comadronas de aspecto masculino lo miraron con hostilidad mientras le arreglaban las almohadas a Mia y le masajeaban la espalda para calmarle el dolor.

–Está sufriendo –dijo Ethan mirando al médico cuando un gemido suave escapó de los labios de Mia–. Dale algo...

–Quiero que sea natural –intervino ella con voz entrecortada–. Además, esto no es nada comparado con lo que tú me hiciste.

–Lo sé –reconoció Ethan, que estaba deseando que todo el mundo saliera de la sala para poder hablar a solas con ella–. Lo sé y lo siento –dijo finalmente.

–Si dejo que te quedes, si dejo que tomes parte en esto...

Mia se incorporó un poco, aprovechando el intervalo entre una dolorosa contracción y otra.

–Siete años atrás te marchaste de mi lado sin mirar atrás, sin volver a pensar en mí –comenzó a decir.

–Pensaba en ti todos los días –la interrumpió Ethan sin poder evitarlo–. Mira...

Ethan se metió la mano en el bolsillo, sacó la cartera y tras abrirla se la puso delante de los ojos, dispuesto a observar su reacción al ver la foto. Allí estaban los dos la noche que se conocieron en aquel restaurante. Más jóvenes, más felices y más despreocupados de lo que estaban ahora. Los ojos de Mia se llenaron de lágrimas al contemplar aquel rostro que había llenado sus sueños durante aquellas noches tan largas.

–¿Cuándo la conseguiste?

–Antes de volver a Sydney –respondió él con voz insegura, como si no supiera cómo iba a recibir Mia la noticia–. Desde entonces te he llevado en el corazón, Mia.

–Entonces, ¿por qué...?

No terminó la frase. Volvió a doblarse cuando el dolor se apoderó de ella una vez más. Las matronas dieron un paso adelante y Mia se reclinó sobre ellas. Ethan tuvo una palabrota en la punta de la lengua pero se contuvo.

–¿Qué demonios es esto? –preguntó airado al escuchar un chirrido enervante que inundó la habitación.

Ethan se acercó al aparato de música y apretó el botón de apagado del CD, la única máquina de aquella sala que sabía cómo funcionaba.

–Son los sonidos relajantes del bosque –dijo una de las comadronas mirándolo con dureza.

–Más bien parece una tortura en el bosque –murmuró Ethan.

–Me ayuda a concentrarme –intervino Mia con un gemido.

Pero Ethan negó con la cabeza y se acercó con gesto tan decidido que hasta las comadronas dieron un paso atrás. Tomó a Mia de las manos y la sujetó hasta que por fin remitió la contracción.

–Concéntrate en esto –dijo suavemente, mirándola con fijeza sin pestañear ni moverse, limitándose a sujetarla con los ojos.

Y de pronto no hubo en el mundo nada más que ellos dos. Todo lo demás quedó atrás mientras Mia observó aquella deliciosa boca moverse y escuchó cómo le temblaba la voz cuando por fin dijo su verdad.

–Tienes razón, Mia. Durante todo este tiempo he esperado que me demostraras que tenía razón, he esperado que te cayeras del pedestal en el que te había colocado, y te preguntas el porqué, por qué no podía creerte, por qué me costaba trabajo creer que el amor fuera algo tan sencillo.

Ethan se detuvo un instante antes de continuar. Sus ojos reflejaban un dolor profundo.

–Yo no sabía lo que era el amor. Nunca lo tuve, ni lo sentí, ni tampoco lo echaba de menos porque no sabía lo que era. Y entonces llegaste tú, la cosa más dulce y más bonita que yo había visto en mi vida. Entraste en mi vida y te me clavaste directamente en el corazón, como si llevara toda la vida esperándote. Y no podía creerme que fuera así de fácil.

Las lágrimas resbalaban por las mejillas de Mia. Lágrimas de rabia pero no hacia Ethan, sino por todo lo que él había tenido que pasar, por las noches solitarias de su infancia, por el triste amor que podía darle una chequera... Y también se sentía orgullosa de que aquel hombre complicado y fuerte fuera capaz de admitir la verdad delante de un público hostil, que abriera su corazón y compartiera su dolor.

–Debería habértelo contado antes, pero Richard y yo...

Mia no pudo terminar la frase porque una nueva oleada de dolor se apoderó de su cuerpo.

–Tienes que dejarme entrar, Ethan –dijo cuando recobró el aliento–. Tienes que abrirte a mí, mostrarme lo que sientes, lo que piensas, contrastar las cosas conmigo antes de llegar a tus propias conclusiones.

–Lo sé.

Mia pensaba que podía hacerlo, pensaba que todo estaba en orden, pero cuando creía tener la situación más o menos bajo control, cuando creía que el fin estaba cerca, la tierra pareció hundirse bajo sus pies. El epicentro de su cuerpo se convulsionó y experimentó una necesidad imperiosa de empujar. Y aquella necesidad pareció hacerla más fuerte, llevarla hacia la acción. La mano del tiempo la obligaba a tomar una decisión, porque si Ethan se quedaba en aquel momento, si compartía con ella aquel momento tan importante que se acercaba, entonces los lazos que los unían serían demasiado fuertes como para poder romperse nunca.

–Entonces, dime –le pidió Mia, mirándolo con la mandíbula apretada en gesto de decisión y el rostro enrojecido.

–¿Decirte qué?

–Lo que piensas, lo que sientes... Necesito saberlo, Ethan.

–Siento que te quiero.

Él la observó perplejo al ver que Mia negaba con la cabeza y se llevaba las manos al vientre.

–Y que la próxima vez que ocurra algo te preguntaré antes.

–No es suficiente, Ethan. Necesito saber qué tienes aquí –dijo llevándose la mano al pecho y mirándolo con ojos implorantes para que lo comprendiera–. Necesito saber qué sientes. No puedo vivir con tus caprichosos cambios de humor, no puedo pasarme la vida intentando averiguar qué esconde esa mente tuya. Necesito que me dejes entrar.

Ethan no sabía qué quería Mia, no llegaba a entender cuáles eran sus necesidades. Así que abrió la boca y la volvió a cerrar mientras su cabeza trataba de encontrar las palabras adecuadas. Entonces, como si de pronto se hubiera despejado la neblina, lo comprendió. Comprendió que no pasaba nada por tener dudas y que podía expresarlas en voz alta, contarlas, compartirlas.

–Quiero criar al niño como si fuera mío.

El labio superior le tembló cuando sintió los ojos de Mia clavados en los suyos.

–Quiero ser como un padre para él pero quiero que conozca la verdad, quiero que él sepa lo que...

–Tal vez sea ella –lo corrigió Mia.

–Me parecería igual de bien –se apresuró a responder Ethan–. Lo único que quiero es estar a tu lado, recuperar de alguna manera el tiempo que hemos perdido, todo el tiempo que por mi culpa...

–¿Y?

No había dulzura en la voz de Mia. Sonó más bien como una orden mientras el niño que iba camino de nacer decidió que había esperado ya demasiado.

–¿No deberías decirme otra cosa en este momento, Ethan? ¿No crees que hay algo que necesito escuchar en este preciso instante?

Él sacudió la cabeza con perplejidad y miró a una de las comadronas en busca de inspiración.

–Creo que Mia necesita un pequeño incentivo en este momento, Ethan –intervino Garth–. Tal vez este sea un buen momento para decir lo que ella quiere escuchar de verdad, lo que necesita para ayudarla a pasar por este momento tan duro.

–¡Ah, eso!

Una sonrisa iluminó el rostro de Ethan mientras las matronas lo observaban a la expectativa. Entonces él dio un paso adelante y la estrechó entre sus poderosos brazos, susurrándole con suavidad algo al oído. Su contacto, su abrazo, su mera presencia era todo lo que Mia necesitaba en aquel momento.

Ethan era el único hombre del mundo que en aquel instante le servía.

Y la estrechó con fuerza entre sus brazos amorosos mientras ella atravesaba la jornada más difícil de su vida. Aquel era el único hombre que podía hacerla sonreír, reír incluso en aquellos instantes complicados.

—Date prisa, cariño. Tengo una botella de champán metida en hielo.

Capítulo 12

AL ABRAZAR aquel regalo maravilloso, al observar aquella boquita de piñón abriéndose para protestar, aquellos desafiantes ojos azules bordeados con tonos verdes mirándolo furiosos, aquellos puñitos cerrados en gesto rabioso pidiendo más alimento, Ethan sintió que se le derretía completamente el corazón.

Todo en ella era adorable.

Mia estiró los brazos para agarrar aquel bulto lloroso, sonriendo maravillada mientras alimentaba a su hija, apenas capaz de comprender que por fin, después de todo aquel tiempo, estaba allí. Cuando alzó la vista se quedó sin respiración e inclinó ligeramente la cabeza sin poder creérselo mientras miraba fijamente a Ethan.

Él también estaba allí.

Más cansado de lo que lo había visto nunca. Debajo de sus ojos se asomaban unas sombras negras. Por una vez llevaba el traje arrugado y su carísima corbata de seda se había echado definitivamente a perder. Pero allí estaba, y a juzgar por el amor que desprendían los ojos de Ethan al mirarla, esta vez era para bien.

–Tiene el cabello de Richard.

Los dedos fuertes de Ethan acariciaron los suaves mechones de la niña. La nuez le subía y le bajaba por la garganta y su rostro reflejaba una gran emoción.

–No tenías razón en una de las cosas que dijiste en la sala de partos.

La voz de Mia era suave. Tenía la mirada fija en el bebé que sostenía entre sus brazos. El mundo parecía haber encontrado por fin la paz.

–¿Sabes? Sí que tuviste amor en tu vida. Richard te quería mucho.

–¿Se lo contaste alguna vez? –preguntó Ethan con un nudo en la garganta–. ¿Le contaste lo nuestro, lo de aquella noche?

Mia asintió levemente con la cabeza.

–Se lo dije unas semanas después de que ocurriera –admitió–. Mi padre había perdido su trabajo y las cosas iban tan mal que pensé que él me consolaría. Necesitaba confiarme a alguien, aunque lo cierto fue que no sirvió de mucho.

Mia soltó una breve carcajada.

–Ahora comprendo por qué Richard se sentía tan incómodo con este asunto. En aquel entonces pensé que se debía a que tú eras su hermano, pero ahora, echando la vista atrás, creo que se sentía culpable por haber provocado inadvertidamente nuestra ruptura. Tal vez esa fue la razón por la que se mantuvo alejado de ti –aseguró con suavidad–. Tal vez por eso no podía encararse a ti, porque en el fondo sabía cuánto daño te había hecho, cuánto nos había herido a los dos.

–Debió ser duro para él guardar ese secreto durante tantos años –murmuró Ethan.

–Tal vez aquel fuera su único modo de hacerlo –apuntó ella, acariciando la suave mejilla de su bebé–. De alguna manera, muy en el fondo, tal vez Richard sabía que esta niña nos uniría de nuevo, que tarde o temprano tú averiguarías que era suya y...

Ethan asintió levemente con la cabeza. Había infinitas posibilidades y en ocasiones era muy difícil dar con la verdad. Pero al observar el rostro inocente del bebé supo que aquello estaba destinado a ocurrir, que el regalo del amor era en ocasiones algo demasiado grande de entender, pero era a fin de cuentas un regalo que él tenía intención de mimar.

–¿No deberías llamar a tus padres?

La voz de Mia reflejaba aprensión. Tenía miedo de abrirle tan pronto la puerta al mundo exterior, pero sabía que tenía que hacerlo.

–¿No deberías contarles que son abuelos?

–Cielos, no –aseguró Ethan, mirándola con expresión abatida–. No voy a llamarlos dos veces en un día.

–¿Dos veces?

Ethan sacó una agenda del bolsillo y la dejó caer sobre la cama.

–Escoge un día y los llamaré. Así mataremos dos pájaros de un tiro.

–¿Que escoja un día?

–Para la boda.

Mia sintió cómo se le sonrojaban las mejillas.

–Ethan, no tienes que casarte conmigo. Lo que te dije antes...

–Lo decías de verdad –la interrumpió él–. Si al menos hubieras elegido un modo menos bárbaro de dar a luz...

Por enésima vez, Ethan se remangó la camisa para mostrar casi con orgullo las marcas de las uñas de Mia en su antebrazo. Ella se dejó caer sobre la almohada.

–En ese caso podrías echarle la culpa a la medicación, pero teniendo en cuenta que este ha sido un parto completamente natural me temo que no tienes excusa. De hecho, recuerdo perfectamente que...

–¡No!

Mia se llevó la mano a una de las mejillas. Se avergonzaba de la presunción que había mostrado en la sala de partos.

–Por favor, no me lo recuerdes. Fue espantoso.

–Fue perfecto –aseguró Ethan, sonriendo con dulzura–. Así que lo único que tienes que hacer es escoger día. Yo ya he elegido el lugar.

–¿Ah, sí? Pensé que á partir de ahora íbamos a hablar las cosas.

–Entonces, ¿no habrá lugar para el romanticismo? –preguntó él, alzando una ceja–. ¿Nada de sorpresas nunca más?

–De acuerdo –gruñó Mia–. Dime, pues, ¿dónde está ese maravilloso y romántico lugar que has elegido?

–Se trata de nuestro bosque –dijo Ethan sonriendo–. Nuestro bosque, el lugar en el que vamos a construir nuestro hotel, que será extremadamente cuidadoso con el medio ambiente, el lugar en el que crearemos nuestra particular parcela de paraíso, donde durante el día criaremos a un montón de niños gordos y felices y por la noche fabricaremos más, por supuesto. Pero claro, si se te ocurre un sitio mejor, si tienes otra idea...

–¡No!

La voz de Mia detuvo la broma y algo le dijo a Ethan que había llegado el momento de ponerse serio, que era tiempo de quedarse callado.

–Quiero decir que no tengo ninguna idea mejor y que la tuya suena de maravilla.

Ella lo miró a los ojos cuando Ethan se acercó y acunó a aquellas dos mujeres preciosas entre sus poderosos brazos.

–¿Has pensando ya en el nombre?

Mia asintió con la cabeza.

–Esperanza.

Miró fijamente a Ethan para intentar conocer su reacción y sonrió levemente al verlo repetirlo con dulzura.

–Esperanza.

Y esta vez no se trabó al decirla como le había ocurrido aquel día en la iglesia, el concepto que encerraba la palabra no le resultó complicado de pronunciar como en aquel entonces. Aquella palabra difícil se hizo sencilla gracias al amor.

Tenía que recibir lecciones de pasión…

Anna estaba a punto de conseguir el trabajo de sus sueños cuando se lo arrebataron todo. Y solo había un hombre al que se podía culpar.

Cesare Urquart, un antiguo piloto de carreras, creía que Anna era la mujer que estuvo a punto de terminar con el matrimonio de su mejor amigo. Pero, cuando Anna llegó a la preciosa finca que Cesare tenía en Escocia para trabajar como empleada de su hermana, él experimentó una atracción que no había sentido en años. Pronto, empezó a cuestionarse la idea que tenía de ella. Porque, bajo la insolente actitud de Anna, había una inocencia irresistible que Cesare no podía dejar sin explorar…

Cautivado por su inocencia

Kim Lawrence

Acepte 2 de nuestras mejores novelas de amor GRATIS

¡Y reciba un regalo sorpresa!

Oferta especial de tiempo limitado

Rellene el cupón y envíelo a
Harlequin Reader Service®
3010 Walden Ave.
P.O. Box 1867
Buffalo, N.Y. 14240-1867

¡Sí! Por favor, envíenme 2 novelas de amor de Harlequin (1 Bianca® y 1 Deseo®) gratis, más el regalo sorpresa. Luego remítanme 4 novelas nuevas todos los meses, las cuales recibiré mucho antes de que aparezcan en librerías, y factúrenme al bajo precio de $3,24 cada una, más $0,25 por envío e impuesto de ventas, si corresponde*. Este es el precio total, y es un ahorro de casi el 20% sobre el precio de portada. !Una oferta excelente! Entiendo que el hecho de aceptar estos libros y el regalo no me obliga en forma alguna a la compra de libros adicionales. Y también que puedo devolver cualquier envío y cancelar en cualquier momento. Aún si decido no comprar ningún otro libro de Harlequin, los 2 libros gratis y el regalo sorpresa son míos para siempre.

416 LBN DU7N

Nombre y apellido	(Por favor, letra de molde)

Dirección	Apartamento No.

Ciudad	Estado	Zona postal

Esta oferta se limita a un pedido por hogar y no está disponible para los subscriptores actuales de Deseo® y Bianca®.
*Los términos y precios quedan sujetos a cambios sin aviso previo.
Impuestos de ventas aplican en N.Y.

SPN-03   ©2003 Harlequin Enterprises Limited

Bianca.

«Sigo las reglas, pero las mías».

Poppy Silverton era tan auténtica como el pueblo inglés donde regentaba un salón de té. Pero su hogar, su medio de vida y su inocencia corrían peligro.

Rafe Caffarelli era un playboy multimillonario, y estaba decidido a comprar la casa de Poppy.

Ella no estaba dispuesta a desprenderse de lo único que le quedaba de su infancia y su familia, por lo que se enfrentó a Rafe y a la atracción que sentía por él. Y fue la primera mujer que le dijo que no a un Caffarelli.

Mi corazón no está en venta

Melanie Milburne

[10]

Busco esposa

ANNE OLIVER

Jordan Blackstone se enfrentaba al acuerdo comercial más importante de su carrera y debía cambiar su imagen de mujeriego para conseguirlo; se le ocurrió fingir estar casado para lograrlo y Chloe Montgomery le pareció la solución perfecta.

Chloe era una mujer bella y tan alérgica al compromiso como él. Cuando Jordan le preguntó si se haría pasar por su esposa, ella no lo dudó.

La atracción que había entre los dos fue en aumento durante su luna de miel, y Jordan no pudo evitar pensar que quizás hubiera conocido por fin a una mujer por la que valía la pena romper las reglas.

¿Se convertiría el pacto en algo más que un acuerdo?

[01]

¡YA EN TU PUNTO DE VENTA!